मेरे देवदूत

अवधेश वर्मा

Made with ♥ on the Notion Press Platform
www.notionpress.com

क्रम-सूची

भूमिका

कहानी केवल शब्दों का समूह नहीं होती बल्कि मन की उन भावनाओं और विचारों की अभिव्यक्ति भी होती है, जो कभी-कभी हमारे भीतर चुपचाप जन्म लेते हैं। जीवन में घटने वाली छोटी-छोटी घटनाएँ, लोगों के स्वभाव और समय की परिस्थितियाँ अक्सर हमारे मन में एक गहरा छाप छोड़ती हैं और यही अनुभव एक कहानी के रूप में जन्म लेता है।

प्रस्तुत यह कहानी ऐसे ही विचारों से प्रेरित होकर लिखी गई है। इसमें लिखे गए पात्र भले ही काल्पनिक हों, मगर हमारे वास्तविक जीवन से दूर नहीं हैं। इस कहानी संग्रह के माध्यम से मैंने अपने अनुभव और विचारों को शब्दों में ढालने का प्रयास किया है।

मेरा जन्म नेपाल में हुआ और मैंने अपने पेशेवर जीवन की शुरुआत वहीं एक अकाउंट्स ऑफिसर के रूप में की। अपने पेशे से सेवानिवृत्त होने के बाद जब मैं भारत आया, तब मुझे अपने जीवन के पिछले साठ वर्षों को याद करने और समझने का समय मिला। जीवन के भीतर मैं हमेशा कागज़ों और किताबों के बीच रहा और बाहर की दुनिया में पहाड़ों का सान्निध्य मिला। भले ही मैंने अब तक कल्पना की कहानियाँ नहीं लिखीं, लेकिन किताबें हमेशा मेरे जीवन का अभिन्न हिस्सा रही हैं।

अपनी पहली पुस्तक के माध्यम से मैं पहाड़ों, गांवों, नदियों और उनसे जुड़ी अनगिनत कहानियों को शब्द देना चाहता हूँ।

यह पुस्तक मेरा पहला कहानी संग्रह है और एक लेखक के रूप में यह मेरा पहला प्रयास है। इन कहानियों को लिखते समय मन में एक उत्साह भी था, पर एक संकोच भी। मैं उम्मीद करता हूँ कि आप इसे ज़रूर पढ़ेंगे। अगर इस पुस्तक में लिखी कहानियों को पढ़ेंगे तो मुझे आगे और नई कहानियाँ लिखने की प्रेरणा मिलेगी।

बस इतना ही।

धन्यवाद

1

एक वादा

मैं जिसवक्त ट्रेन से उतरा, लगभग शाम होने को थी। प्लैटफ़ॉर्म पर कुछ ही यात्री शेष थे जो या तो अभी उतरे ही थे या कहीं और जाना चाह रहे थे। जो भी हो, मैं प्लैटफ़ॉर्म से बाहर निकला तो चाहा कोई सवारी मिल जाए मगर वहाँ कुछ भी नहीं था। मुझे दोंग्येत्सु के बारे में कोई ख़ास जानकारी नहीं थी। मुझे बस इतना मालूम था कि यहाँ से दो या तीन ही किलोमीटर के आस-पास है बोयेत्स्का जहाँ मुझे जाना था। सर्दी काफ़ी बढ़ गई थी। नवम्बर के महीने से ही ठंड ने पैर जमा लिया था। मैंने अपने गरम कोट और दस्ताने से ख़ुद को अच्छी तरह ढक लिया तो था फिर भी मुझे ठंड लग रहा था और हाथ-पैर में सिहरन हो रहा था। एक तरह से यह एक बहुत ही छोटा सा हिल स्टेशन था। बाहर निकलने पर मुझे सिर्फ़ एक छोटा झोपड़ीनुमा अधखुले से दुकान दिखी। रास्ता एक ही था जो सामने मुझे दिख रहा था और फिर निकलने से पहले आश्वस्त होना चाह रहा था। मैंने उस दुकान से जानकारी लेनी चाही और मैं भीतर घुस गया। भीतर एक आदमी अकेला बैठा हुआ था। मुझे इस समय कॉफ़ी की सख़्त ज़रूरत भी थी।

"क्या मुझे कॉफ़ी मिल सकता है?" – मैंने पूछा

"हाँ" – उसने कहा

"बस थोड़ी देर रुकिए मैं तैयार करता हूँ।" – फिर उसने कहा

मैंने पूछा – "बोयेत्स्का कितनी दूर है यहाँ से?"

"कोई ख़ास दूर नहीं" – उसने कहा

उसने कुछ ही देर के बाद कॉफ़ी लाकर दे दी थी। उसने मुझसे कहा – "तुम वहाँ जाना चाहते हो तो संभलकर जाना.. शायद पुलिया आज टूट गया था। और फिर उसने बात जोड़ी कि निर्माण डिवीज़नवालों ने कहीं बना भी गए हों। मैंने उसके कॉफ़ी के पैसे चुकाए और अपना बैग कंधे पर लादकर सड़क पर चलने लगा। पूरी तरह अंधेरा होने से पहले मैं पहुँचना चाह रहा था। सड़क के

किनारे दोनों ओर कुछ-कुछ घर ही थे जो बंद दिखाई पड़ रहे थे। उन घरों की छतों पर बरफ़ की मोटी सी परत फैली हुई थी। इस समय ठंडी-ठंडी हल्की सी हवा चल रही थी। बरफ़ के छोटे-छोटे कण गिरने लगे थे। सड़क के दोनों तरफ़ देवदार के ऊँचे-ऊँचे पेड़ खड़े थे। मगर यह सड़क पूरी तरह सुनसान था। सड़क पर पानी ही पानी फैला हुआ था शायद अभी कुछ ही देर पहले बारिश हुई हो। मैं सड़क पर बचते हुए चला जा रहा था कुछ तेज़ी से ही। क्योंकि यह छोटा सा सफ़र भले ही था पर मेरे लिए तो अनजान ही था।

निकोलस चैपलवुड वही थे जिनसे मुझे मिलना था। वह बड़े चित्रकार थे। अच्छे चित्रकारों में उनका नाम शुमार था। मैंने व्लादिवोस्तोक के आर्ट गैलरी में उनकी कई पेंटिंग्स देखी थी जो मुझे काफ़ी पसंद आए थे और सच कहूँ तो उसे मैं अपने घर के दीवारों पर सजाना चाहता था। मैं पेशे से फ़ोटोग्राफ़र होने के कारण अच्छे-अच्छे दृश्यों को सँजोना मेरी आदत हो रही है। मैंने आर्ट गैलरी के मैनेजर से उनके विषय में पूछा तो उसने बताया कि वह बोयेत्स्का में रहते हैं और उसने मुझे उनका नंबर दिए। मैंने उनसे बातें की अगर उनके पास पेंटिंग्स हो तो मैं उन्हें लेना चाहता हूँ और उसे क़ीमत भी देने को तैयार हूँ। उन्होंने हाँ भरी थी। मैं इसी वजह से वहाँ जा रहा था। अब शाम कुछ ज़्यादा ही घना हो गया था। घरों की बत्तियाँ भी जल चुकी थी।

दूर तक कोई नहीं था सिर्फ़ कभी कभार हो रहे पक्षियों के चहचहाहट की आवाज़ों के सिवा। मेरे क़दम बढ़ रहे थे। सड़क काफ़ी जगमगा से और इस कारण मैं ख़ुद को बचाते हुए भी चल रहा था। सड़क के किनारे लैंप पोस्ट की हल्की रोशनी के सहारे। क़रीब 10 ही चला था शायद कि पीछे

से आवाज़ सुनाई पड़ा।

"हे... रुको।" कोई पीछे से आ रहा था कहते हुए। मैंने पीछे मुड़कर देखा। उसने अपने शरीर को लंबे ओवरकोट से ढक रखा था। सर पर मोटी फ़रवाली टोपी भी डाल रखी थी। मैंने उसके चेहरे देखना चाहा पर शायद अंधेरे के कारण भी वह मुझे अच्छे से दिख नहीं पाया।

"तुम बोयेत्स्का जा रहे हो?" उसने पूछा

अतः वह मेरे पास आकर हमकदम हो चुका था वह मेरे ही बराबर का एक आदमी था।

"हाँ।" मैंने कहा

"चलो मैं कुछ ही दूर सही तुम्हारे साथ दे ही सकता हूँ।" उसने कहा

और मुझे ख़ुशी इस बात की होने लगी पहाड़ी और सुनसान रास्ते पर भटकूँगा नहीं। और अंधेरा भी तो था।

"तुम भी वहीं जा रहे हो?" मैंने पूछा

"नहीं, पर बोयेत्स्का आने से पहले एक दूसरा रास्ता आता है, मैं वहीं तक चलूँगा।" उसने कहा

"पर तुम जगह पर पहुँच जाओगे," उसने फिर कहा

मैंने एक राहत सी महसूस की। पहाड़ी नदियों और झरनों का शोर सुनाई पड़ रहा था।

"मैं डेनियल हूँ," मैंने कहा

"मैं तुम्हें जानता हूँ और मैं तुम्हारा ही तो इंतज़ार कर रहा था," उसने कहा

उसने अभी अभी जो कहा था शायद हल्के और धीरे से कही थी। उसने अपनी बातों को दबा लिया था शायद। उसकी बात मैं अच्छे से सुन नहीं पाया।

"मैं एक फ़ोटोग्राफ़र हूँ और मोनेस्क में रहता हूँ," मैंने कहा

"तुम क्या करते हो?" मैंने फिर पूछा

"मैं अब कुछ भी नहीं करता," वह बोला

"तुम अपने बारे में बताओ," उसने कहा

उसे मुझसे ही जानने की ज़्यादा उत्सुकता थी। मैंने अपने बारे में बहुत सारी बातें बताई। हम सड़क पर से चलते हुए एक छोटी सी पुलिया

होकर गुज़रने वाले थे। क्योंकि वह सामने ही दिख रहा था। हवाएँ कुछ तेज़ चलने लगी थी, तूफ़ान सा उठा हुआ महसूस हो रहा था। मैंने बाएँ हाथ से बैग को अच्छी तरह कंधे पर डाल रखा था।

"मेरा हाथ पकड़ो दोस्त।" उसने मेरी तरफ़ हाथ बढ़ाते हुए कहा

मैंने दायाँ हाथ बढ़ा दिया। एक बारगी लगा जैसे अपना ने छू लिया हो। अचानक और ज़ोर से हवाएँ चलने लगी मेरे क़दम टूटने लगे थे। एकाएक लगा जैसे मैंने छलाँग लगा दी हो। पुलिया पार हो चुका था। इस बात का मैंने ग़ौर किया कि हवाएँ जो इतनी तेज़ी से चलने लगी थी वह अचानक थम सा क्यों गया था। कब इसी बीच उसका हाथ छूट गया था मेरे हाथ से पता नहीं चला।

"तुम ठीक तो हो?" उसने पूछा

"हाँ पर न जाने क्यों?" मैंने अपनी बात पूरी नहीं की

"अरे कुछ नहीं पर तुम सुरक्षित हो और मुझे ख़ुशी है।" उसने कहा

हम कुछ ही दूर ही चले होंगे कि वह रुक गया। सड़क के किनारे लैंपपोस्ट जो जल रहा था उसी के बगल से एक पगडंडी सी नीचे जा रही थी जो मैंने देखा था।

"मैं यहीं तक हूँ दोस्त।" उसने कहा

"तुम्हारी मंज़िल तुम्हें दिखाई दे रही है।" यह कहते हुए नीचे उतरने लगा था। मैंने उसकी तरफ़

हाथ हिलाया

"शुक्रिया यहाँ तक साथ देने के लिए।" मैंने उससे कहा शायद उसने सुना भी नहीं। वह पलकें झपकते ही ओझल हो चुका था। ख़ैर मुझे बोयेत्स्का दिखाई पड़ने लगा था। क़स्बा ज़्यादा घना था। घरों की बत्तियाँ जल रही थी। ठंड काफ़ी बढ़ गया था। बरफ़ की झीनी सी बारिश हो रही थी। चारों तरफ़ बरफ़ ही बरफ़ की चादरें बिछी हुई थी। बस्ती के शुरुआत में ही मुझे एक कॉफ़ीहाउस दिखा। मैंने वहाँ जाकर मि. निकोलस चैपलवुड के बारे में पूछा। उन्होंने कौन नहीं जानता कहा और उनके घर तक पहुँचने का रास्ता बता दिया। मैं उसके बताए हुए रास्ते पर चलते हुए उनके घर तक पहुँच गया। घर अंदर से बंद था तो मैंने दरवाज़ा खटखटाया।

"कौन है?" कहते हुए एक महिला ने दरवाज़ा खोला। मेरे सामने ही एक बुज़ुर्ग सी दिख रही थी। मैंने उन्हें नमस्ते की और पूछना ही चाह रहा था कि एक अच्छे क़दकाठी के एक

संभ्रांत से व्यक्ति आ पहुँचे।

"तुम डेनियल तो नहीं?" उन्होंने पूछा

मैंने नमस्ते की और हाँ कहते हुए सिर हिलाया। "जी मैं डेनियल हूँ।"

उन्होंने मुझे घर के भीतर बुला लिया। मैं घर के भीतर एक हॉलनुमा कमरे में आ गया। बड़ा सा सोफ़ा लगा हुआ था। उन्होंने मुझे सोफ़े पर बिठाया। कुशलक्षेम पूछी।

उन्होंने पूछा – "तुम आए कैसे?"

"स्टेशन से होकर," मैंने जवाब दिया

"हाँ मगर मैंने सुना था कि रात के तेज़ तूफ़ान और नदी में बाढ़ आने के कारण पुलिया टूट गया था।" उसने कहा

"वह तो ठीक था।" मैंने कहा

"शायद निर्माण डिवीज़न वालों ने ठीक कर लिया हो।" उन्होंने सहमति जताई।

मिसेज़ चैपलवुड ने मेरे लिए गरम कॉफ़ी ला चुकी थी। इस समय मुझे इसकी ज़रूरत भी थी। मैंने कॉफ़ी पी ली। उन्होंने मुझे एक कमरा दिखाया और फ्रेश होने को कहा। "मैं तब तक खाना लगाती हूँ।" फिर कहते हुए किचन की तरफ़ चली गईं। मैं कमरे में थोड़ी देर पैर पसारना चाह रहा था। जल्दी से मैंने जूते खोले और बिस्तर पर लेट गया। कमरा बहुत बड़ा था उसका रखरखाव भी अच्छे से किया हुआ था। दिन भर ट्रेन में बैठे रहने के चलते पैर भी अकड़ गए थे। फिर मोनेस्क से एक ही यही गाड़ी थी जो यहाँ तक आती है। काफ़ी उतार-चढ़ाव वाला और पहाड़ी इलाक़ा और फिर गाड़ी भी कम रफ़्तार से चलती है। मुझे हमेशा से ट्रेन से ही चलना अच्छा लगता है। धीरे-धीरे भागते हुए परिदृश्यों को कैमरे उतारना भी चाह रहा था। मैं पेशे से फ़ोटोग्राफ़र ही ठहरा। यह मेरी हॉबी रही है।

"डेनियल, आ जाओ खाना लगा दिया है।" मिसेज़ चैपलवुड ने पुकारा।

हम तीन जने थे। खाना डाइनिंग टेबल पर लगा हुआ था। मैंने रास्ते में कुछ खाया भी नहीं था। भूख मुझे ज़ोरों की लगी हुई थी। हम साथ खाना खा रहे थे। हमने खाना खाते हुए बहुत सी बातें एक दूसरे के बारे में जानी। उन्होंने अपने बारे में बताया। उनके दो लड़के डॉक्टर हैं। एक जोहान्सबर्ग में सरकारी अस्पताल में है और दूसरा मास्को में रहकर निजी प्रैक्टिस करता है और उनकी एक बेटी है जो हायर स्टडी के लिए मास्को में है। मिसेज़ चैपलवुड ने खाना बहुत ही स्वादिष्ट और लज़ीज़ बनाया था। खाना खाकर भी हमने और भी बहुत बातें की। क़रीब 9 बज रहे थे। मैं अब सोना चाह रहा था। मिसेज़ चैपलवुड ने गरम कम्बल लाकर दे दिया और किसी चीज़ की ज़रूरत हो तो आवाज़ लगा देना कह वे चली गईं। अपने कमरे में घुसते ही मैं सोना चाह रहा था। और फिर मैंने बत्ती बुझा दी। थोड़ी ही देर में मैं कब सो गया पता ही नहीं चला।

सुबह मिसेज़ चैपलवुड ने ही मुझे जगाया। मैंने घड़ी देखी। 7 बज रहे थे।

उन्होंने कहा – “तुम फ़्रेश होकर आ जाओ तो हम चाय पीते हैं।” मैं फ़्रेश होकर ड्राइंग रूम में आ गया। मैंने मि. चैपलवुड को नमस्ते की। शायद वे मॉर्निंग वॉक से आए थे। हमने फिर साथ बैठकर चाय पी। फिर मि. चैपलवुड मुझे एक कमरे में ले गए जहाँ वे अपना ज़्यादातर समय बिताया करते हैं। कमरा पेंटिंग्स से भरा पड़ा था। उन्होंने मुझे बहुत सारी अपनी पेंटिंग दिखाई। सभी पेंटिंग एक से एक थे जो दिल को छू रहे थे। मैंने 5-6 पेंटिंग लेने का मन बनाया। मैंने उनसे क़ीमत पूछी तो उन्होंने इनकार कर दिया, बिना क़ीमत दिए लेना चाहो तो बेशक मैं तुम्हें दे दूँ।” उन्होंने कहा।

मुझे असमंजस और संकोच हो रहा था। मैं कुछ कह पाने की स्थिति में नहीं था।

“यह मेरे तरफ़ से उपहार समझ के रख लो।” मि. चैपलवुड ने कहा।

मैं उनकी दी हुई उपहार पर वशीभूत था। जैसा उनके बारे में सुना था, वे उससे भी बेहतर इंसान थे। मैंने उनकी दी हुई पेंटिंग्स को अच्छे से पेपर में कवर कर लिया। घर जाकर उन्हें

अच्छे से फ़्रेम कराके कमरे में सजाऊँगा।

क़रीब 8 बज रहे थे। और मुझे लौटना भी था। मैं अपने कमरे आकर गरम पानी से ख़ूब स्नान किया। कल मेरी पूरी थकान उतर चुकी थी। मैं तैयार होकर बाहर आया।

"तुम किधर से लौटोगे?" मि. चैपलवुड ने कहा

"ट्रेन से ही।" मैंने कहा

"बस से मुझे परेशानी होती है।" मैंने उन्हें बताया। क़रीब 9:30 बजने को थे। 11 बजे ट्रेन है जो मोनेस्क को लौटेगी। मैंने उनसे जाने की आज्ञा माँगी।

"खाना खाकर ही जाना," मि. चैपलवुड ने कहा

"आप लोग भी साथ होंगे," मैंने कहा

मि. चैपलवुड को एक ध्यानकेंद्र में जाना है। उनके आने के बाद ही हम खाएँगे। "तुम खा लो। मैं लगाती हूँ।" कह वे किचन में चली गईं। थोड़ी ही देर में मेरे लिए खाना लग चुका था। मिसेज़ चैपलवुड ने अपनी बेटे की तरह खाना खिलाया। खाना ख़त्म कर मैं कमरे में जाकर बैग और पेंटिंग ले आया। मैं जल्दी से जल्दी ट्रेन पकड़ना चाह रहा था। मैंने उन दोनों से जाने की आज्ञा माँगी और उनका अभिवादन कर अपने घर मोन्स्क आने का न्योता दिया। मैं काफ़ी प्रसन्न था। मैं उनका मुरीद हो गया था। रास्ते में चलते हुए मैं उन्हीं के बारे में सोच रहा था। आगे सड़क पर कुछ काम चल रहा था शायद। काफ़ी मज़दूर काम पर लगे हुए थे। पुलिया की मरम्मत हो रही थी।

"यह कल तो ठीक था।" मैंने एक आदमी जो सुपरवाइज़र सा दिख रहा आदमी से पूछा

"नहीं, श्रीमान यह कल 2 बजे के आस-पास टूट गया था, वर्कर्स कल दूसरी साइट पर थे इस कारण यह बन नहीं पाया।"

"मगर मैं तो।" अपनी बात पूरी नहीं कर पाया।

सुपरवाइज़र कहने लगा – "कल नाले में अधिक तेज़ बहाव के कारण पुलिया के किनारों का हिस्सा लगभग 5-6 फ़ीट पूरा कट गया था। काठ के स्लीपर भी नीचे खाई में गिर गए थे।"

मैंने नीचे झाँककर देखा। गहराई काफ़ी थी। नीचे कुछ दिखाई भी नहीं दिया। मैं कुछ क्षण के लिए सिहर गया। मैं सोच में था।

"यह अब बन ही चुका है, अब आप जा सकते हैं।" सुपरवाइज़र ने मुझसे कहा

मैं धीरे-धीरे क़दम रखते हुए पुलिया से गुज़रा। दिन के समय सब कुछ स्पष्ट दिख रहा था। मैं जल्दी से चल रहा था और स्टेशन आ ही गया। मैंने काउंटर से टिकट ले ली। जल्दी ही ट्रेन आ गई। मैं एक बोगी में घुस गया। बर्थ पूरा ख़ाली था। डिब्बे में ज़्यादा पैसेंजर्स नहीं थे। मैं बर्थ पर बैठ गया। बैग और पेंटिंग को अच्छे से रख लिया। गाड़ी खुल चुकी थी। मैंने बाहर दूर ओझल होते हुए दृश्यों को देख रहा था। वे नज़ारे बहुत ही अच्छे दिख रहे थे छोटे-छोटे बरफ़ से लदे हुए घर काफ़ी अच्छे लग रहे थे। मगर मैं यह भी सोच रहा था कि वह पुलिया 2 बजे के आस-पास टूटा था तो मैं पुलिया फिर कैसे पार कर गया। हो सकता है कि उन्हें कोई ग़लत सूचना मिली हो। मेरे चले जाने के बाद टूटा हो। मैंने अपनी आँखें बंद कर ली। कल के पूरे सफ़र को मैं

फिर से देखना चाह रहा था। कैसे मैंने बोयेत्स्का आने का मन बनाया और आज वापस भी लौट रहा हूँ।

मेरी आँखें बंद थी। कई कई यादें आँखों के आगे दिखने लगी थी। मैंने देखा पुलिया के उसपार लैंपपोस्ट के पास कोई हाथ हिला रहा था मेरे ओर देखकर और वह कह रहा था

"मैं जोसेफ़ हूँ। मैं जोसेफ़ हूँ।" उसकी आवाज़ें मेरे कानों में बज रही थी। जो कल मुझे उसकी शक्ल नहीं दिखी। अब वह बिल्कुल दिख रहा था। वही शक्ल-सूरत।

"हे डेनियल, तुमने मुझे पहचाना।"

मैंने अपना वादा पूरा किया मेरे दोस्त।" वह कह रहा था।

आँखों के आगे वह याद आने लगा। मैं, डेविड और जोसेफ़ अच्छे दोस्त हुआ करते थे। स्कूल से हम लोग एक टूर पर गए थे। हमने वहाँ ख़ूब मस्ती की थी। जहाँ हमारा कैंप लगा था उससे हम बहुत दूर आ गए थे बातें करते करते। समय का पता भी नहीं चला। डेविड हमसे आगे सड़क के किनारे चल रहा था। मैं और जोसेफ़ उसके पीछे। जोसेफ़ सड़क पर था। वह बोल रहा था। मैंने अचानक पीछे मुड़कर देखा कि पूरी रफ़्तार से अचानक एक गाड़ी हमारे नज़दीक आ चुकी थी। मैंने इतनी ज़ोर से

उसे अपनी तरफ़ खींच लिया। हम गिर गए थे पर सुरक्षित। अगर एक क्षण की भी देरी होती तो वह बच न पाता। बाद में हम स्कूल की पढ़ाई पूरी कर आगे की पढ़ाई करने अलग अलग रास्तों पर चल दिए। डेविड मेरे सम्पर्क में था। पर जोसेफ़ से मिलना नहीं हुआ। स्कूल के दिनों में उस घटना की बात मैं भूल चुका था। पर वह उन दिनों कभी कभार कहा करता था। "डेनियल, तुमने मेरी जान बचाई, एक दिन मौक़ा आने पर इसका बदला चुकाऊँगा।" डेविड अपनी पढ़ाई

पूरी कर सरकारी फ़ार्म में मैनेजर था। उसने जोसेफ़ के बारे में कहा भी था कि जोसेफ़ किसी हादसे का शिकार हो गया था और वह अब नहीं रहा था। मैंने अपनी आँखें खोली। गाड़ी अपनी रफ़्तार से जा रही थी घड़ घड़ कर।

और जोसेफ़ अभी भी पुलिया पर खड़ा होकर हाथ हिला रहा था और मुझे कह रहा हो जैसे

"डेनियल, मैंने अपना वादा पूरा किया।"

2

मेरे देवदूत

"आओ तुम मेरे देवदूत, मैं तुम्हें ही तो तलाश रही थी। तुम्हारे चकाचौंध भरी रोशनी के फुहारे की जो छटा है, वह मुझे खींच रही है। मेरा हाथ पकड़ लो। आओ देवदूत, अपने सफेद फर वाले इन घोड़ों के आवेग को रोको। आओ, मैं इंतज़ार कर रही हूँ तुम्हारा... सिर्फ तुम्हारा।"

मिसेज स्टेला अपने दोनों हाथों को हवा में कुछ देर तक उठाए रही थीं। अचानक किचन से किसी बर्तन या कुछ गिरने की आवाज़ उनके कानों में पड़ी तो वह चौंक गईं। अपने कमज़ोर हाथों को बिस्तर पर रखा। उन्होंने आज कैसा स्वप्न देखा था। आँखों को अब भी विश्वास नहीं हो रहा था। कमरा थोड़ी देर पहले रोशनी से नहाया हुआ था पर अब यह सब नहीं था। स्टेला फिर धीरे से उठीं। पलंग के बगल में रखी हुई छड़ी के सहारे खड़ी हो गईं और किचन की ओर चली गईं जिधर से आवाज़ आई थी। जाकर देखा तो शीशे का छोटा सा मर्तबान टूटा पड़ा था।

"ओह हो! ये क्या कर दिया? बंदरों ने एक नया काम लगा दिया।" खुद से बड़बड़ा कर पास से झाड़ू ले आईं और कमज़ोर शरीर को संभालते हुए कांच के टुकड़ों को समेटने लगीं। उन्होंने बड़े ही प्यार से टमाटर का अचार बनाकर उसे मर्तबान में रखा था। अब उनके टुकड़ों को धीरे-धीरे समेट कर पॉलीबैग में रख रही थीं।

मिसेज स्टेला करीब नब्बे की हो चुकी हैं पर उन्हें अपनी जन्म की तारीख अब याद नहीं; कभी कुछ कहेंगी तो कभी कुछ। शायद यह उनकी

उम्र का तकाज़ा हो सकता है, पर फिर भी आज भी अपने काम अच्छी तरह से कर लेती हैं। और करें भी क्यों नहीं, कौन है जो उनके काम में हाथ बँटाएगा? मिस्टर जॉनसन को बीते हुए तीन बरस हो गए हैं, तब से वह अकेली ही इस बड़ी सी हवेली में रहती आई हैं। पास में ही एक और कोठी है जो उनकी ही है, उसे उन्होंने किराये पर दे रखा है जिसे एक युवा दंपति ने ले रखा है। उनसे वह किराया हर माह ले लेती हैं। उसी किराये के पैसे से वह अपने लिए घर का हर सामान खरीद लेती हैं। मिस्टर जॉनसन की पेंशन बैंक में जमा ही रहता है । वह इतने पैसे का करेंगी भी क्या, अकेली जान के लिए उतना भी काफी होता है। वैसे उन्हें कई बार केली ने कहा है कि "तुम मेरे साथ रहो मम्मी, अकेली यहाँ क्या करोगी रहकर", पर मिसेज स्टेला ने हर बार उसके प्रस्ताव को अनसुना कर दिया है। एक मोह है जो उन्हें इस जगह से हो गया है। वह यहाँ से दूर जाना नहीं चाहती हैं।

इस कोठी को बने हुए चालीस वर्ष से ऊपर हो गए हैं। इस कोठी को अपनी ही देखरेख में मिसेज स्टेला ने बनवाया था। उनके हसबैंड मिस्टर जॉनसन तब एक बहुत ऊंचे ओहदे पर हुआ करते थे और उनकी पोस्टिंग यहीं पर थी। शहर की भीड़भाड़ और शोर-शराबे से बहुत अलग हटकर यह जगह उन्हें काफी अच्छी लगी थी। एक सुकून भरा यह छोटा पर खूबसूरत कस्बा था। चारों ओर ऊंची-ऊंची पहाड़ियों और हरे-भरे वादियों से घिरा हुआ यह डलहौजी शायर कस्बा उन्हें बहुत ही पसंद आया था। वे शुरू से ही एकांतप्रिय रही हैं। पहले तो वे कैप केनेडी में रहा करती थीं। जब मिस्टर जॉनसन की पोस्टिंग यहाँ कर दी गई तो यहीं की होकर रह गईं। मिस्टर जॉनसन को कभी समय नहीं मिलता था, तो मिसेज स्टेला ने इसके बनाने में पूरा समय दिया था। हर एक कमरे के लिए कलर से लेकर हर छोटी-छोटी चीज़ का उन्होंने बड़ी अच्छी तरह ख्याल रखा था। और यह बस्ती तो एक अलग तरह का एहसास देती थी। सड़कों के दोनों किनारों पर चीड़ के बड़े-बड़े पेड़ और उन पर बैठे पक्षियों की चहचहाहट उन्हें अच्छी लगती थी। शहर की तरह थोड़ा भी शोर शराबा नहीं था। बस्ती भी काफी घनी नहीं थी।

जब वह यहाँ आई थीं तो मुश्किल से 20-30 ही घर हुआ करते थे पर धीरे-धीरे घरों की संख्या बढ़ी है। सड़कें भी ऊंची-नीची थीं पर सभी सड़कों की देखरेख अच्छी तरह होती रही है। बस्ती में हर तरह की ज़रूरत की वस्तुएं मिल जाया करती हैं। बस्ती के एकमात्र लिंकन चौक में करीब हर सामान दुकान में मिल जाती थी। अभी-अभी जो शीशे का मर्तबान टूटा है, वह यहीं से खरीदी थीं। अब वे दूसरा फिर खरीदने जाएँगी। किचन की खिड़की पर उन्होंने भूल से उसे रख दिया था। यदा-कदा बंदर उछल-कूद मचाया करते थे। कभी-कभी मिसेज स्टेला बची हुई ब्रेड के टुकड़े फेंक दिया करती थीं कि बंदर खा सकें। उन्होंने टमाटर के अचार को खुद ही बनाया था पर उसे खिड़की पर रख दिया था। नतीजा उनके सामने था।

धीरे-धीरे जब उन्होंने किचन साफ़ कर दिया, अब वह इत्मीनान से कॉफी पीना चाह रही थीं तो स्टोव पर उन्होंने पानी उबलने के लिए रख दिया। थोड़ी देर के बाद कॉफी बनाकर ले आईं और सोफे पर बैठ गईं। प्रायः वे दोपहर में कॉफी ज़रूर ही पीती हैं। कॉफी पीते हुए उन्हें याद आया कि उन्हें कुछ सामान लेने चौक जाना ही होगा। उन्होंने घड़ी की ओर देखा, अभी तीन बज रहे थे। जल्दी से उन्होंने अपनी कॉफी खत्म की और चौक तक जाने के लिए तैयार हो गईं। सड़कें सुनसान नहीं थीं। कुछ लोग सड़क पर आ जा रहे थे। स्कूल में शायद छुट्टी हो चुकी थी इस कारण बच्चे भी अपने घरों को लौट रहे थे। चौक की दूरी ज़्यादा नहीं थी, बमुश्किल दस मिनट के करीब लगते थे। मिसेज स्टेला ने वैसे तो ओवरकोट पहन रखा था फिर भी हवाएं हल्की-हल्की बह रही थीं। कनेर के लाल टहेस के बिखरे फूलों से सड़कें अटी पड़ी थीं। पक्षियों की चहचहाहट से एक अलग सा माहौल लग रहा था। बहुत से लोग आने-जाने वाले मिसेज स्टेला का अभिवादन भी कर रहे थे। यहाँ सर्दी अभी पड़ना शुरू नहीं हुआ है तो भी सर्दी का आभास उन्हें लग रहा है। यहाँ तो मौसम कब बदल जाए पता नहीं चलता। उन्होंने लंबा-लंबा कदम बढ़ाना शुरू कर दिया। छड़ी की टक-टक की आवाज़ें सुनती हुई वे जल्दी ही चौक तक पहुँच गईं।

बस्ती के शुरू होते ही तो टॉम बेरी की दुकान थी। टॉम बेरी दुकान का मालिक था। वे ज़्यादातर किराने का सामान उसी से खरीदती आई

हैं। दुकान में ज़्यादा भीड़ नहीं थी। बस दो-चार ही ग्राहक कुछ खरीद रहे थे। टॉम बेरी ने उन्हें देखकर बोला, "खुद ही क्यों आना पड़ा? मुझे कहा तो होता, मैं सामान भिजवा देता मिसेज स्टेला। फोन क्यों नहीं किया आपने?" टॉम ने व्यस्त काम के बावजूद पूछा।

मिसेज स्टेला ने कहा, "तुम जानते हो न टॉम, मैं ऐसा नहीं करती।"

"हाँ, परंतु आपको आने में परेशानी जो हुई," उसने कहा।

"कोई नहीं, और टहलना सेहत के लिए अच्छा भी तो है। और तुम जानते हो मैं खुद काम करना ज़्यादा पसंद करती हूँ," मिसेज स्टेला ने कहा।

"सो तो है," टॉम ने अपना सिर खुजलाया। मिसेज स्टेला ने पॉकेट से पर्ची निकालकर उसकी ओर बढ़ा दी। पर्ची लेकर टॉम ने उन्हें बैठने को कहकर सामान निकालने लगा।

चौक शाम को कुछ ज़्यादा ही व्यस्त हो जाता है, सभी को अपनी ज़रूरत की चीज़ें लेनी जो होती हैं। चौक में हर सामान के लिए दुकानें थीं। अच्छा-खासा मार्केट अब बन गया है यहाँ, जहाँ कभी तीन-चार ही दुकानें हुआ करती थीं। टॉम ने मिसेज स्टेला का सामान उनके झोले में रख दिया तो टॉम ने पूछा, "क्या मैं इसे पहुँचाने के लिए किसी को भेज दूँ?"

"नहीं टॉम, यह ज़्यादा भारी है भी नहीं, मैं खुद ही ले जाऊँगी।"

मिसेज स्टेला ने टॉम को सामान के पैसे चुकाए और टॉम को धन्यवाद देकर दुकान से बाहर निकल आईं। ज़्यादा उन्हें चाहिए भी तो नहीं था; ब्रेड, मक्खन, जैम आदि। शीशे का मर्तबान तो मिला ही नहीं, टॉम उसे बाद में लाकर दे जाएगा। सड़क सुनसान नहीं थी। अभी भी इक्का-दुक्का लोग आ-जा ही रहे थे। हाँ, पर हवाएं थोड़ी और तेज़ बहने ज़रूर लगी थीं। शायद अब जल्दी ही ठंड यहाँ बढ़ जाए। पहाड़ों में अब मौसम जल्दी ही बदल जाएगा। मिसेज स्टेला अपने बैग को हाथ में लिए जा रही थीं। कुछ देर चलकर वे थक गईं तो थोड़ी देर के लिए रुक गईं। शाम अब ढलने को थी। मिसेज स्टेला थोड़ी देर के बाद फिर से चलना शुरू कर दिया। आने में ज़्यादा ही समय लग जाता है क्योंकि सड़कें ऊपर से नीचे की ओर जाती हैं और वे ऊपर आ रही थीं।

खैर, अब वह अपनी कोठी में आ चुकी थीं। कोठी के बाहर ही चिल्ड्रन पार्क में कुछ बच्चे अपने खेल में व्यस्त थे। घर खुला था, इसका मतलब डॉर्सी काम करने आ गई है। आते ही उन्होंने डॉर्सी को आवाज़ लगाई। उन्होंने डॉर्सी को बैग थमाते हुए बोला, "मेरे लिए कॉफी बनाकर लाओ और तुम भी ले लेना।"

तब तक मिसेज स्टेला अपने कपड़े बदल चुकी थीं और अब सोफे पर आकर बैठ चुकी थीं। कॉफी पीने के बाद वे अब फ्रेश महसूस कर रही थीं। डॉर्सी ने रात में क्या खाना पसंद करेंगी पूछकर किचन में चली गई। डॉर्सी खाना बनाकर कब की चली गई थी। रात अब पूरी तरह पसर गई थी। उन्होंने घड़ी की ओर देखा तो सात बज रहे थे। वे अब खाना खाकर बिस्तर पर जाना चाह रही थीं। किचन में जाकर अपने लिए खाना ला डाइनिंग टेबल पर खाने लगीं। खाना खाकर कुछ कदम अपने बरामदे पर ही वह टहलने लगीं। बाहर कॉलोनी में चारों ओर बत्तियाँ जल रही थीं, पर बाहर सन्नाटा फैला हुआ था। सभी अपने घरों में थे। उन्होंने भी भीतर आकर मेन गेट को बंद कर सोने के लिए अपने कमरे में चली गईं। हाल ही में उन्होंने एक बुक लाइब्रेरी बनाई हुई थी। उन्हें किताबें पढ़ने का शौक शुरू से ही रहा है, तो उनमें से एक किताब ले ली। हर लेखक की किताबें उनकी छोटी सी लाइब्रेरी में मौजूद थीं। लियो टॉल्स्टॉय, ब्रुकलिन, शेक्सपियर और भी कई सारे लेखकों की किताबें भरी पड़ी थीं।

बिस्तर पर लेटकर पढ़ना उनकी आदत में ही शुमार रहा है। शेक्सपियर की नॉवेल 'The Last Supper' के बाकी पन्ने को उन्होंने फिर पढ़ना शुरू किया। कुछ देर में उन्हें नींद आने लगी तो सोने का उपक्रम करने लगीं। आँखों के आगे वह घोड़ा, देवदूत और क्या-क्या, वे सभी एक-एक करके परिदृश्य होने लगे। मिसेज स्टेला को याद है, उनकी नानी, जिन्हें गुज़रे अरसा हो गया है, बहुत सारी कहानियाँ सुनाया करती थीं। हर रोज़ नई-नई कहानियाँ। उन्हें बचपन की वे बातें याद हैं। अक्सर नानी परियों की कहानी, भूतों की और कभी तो देवदूत के बारे में भी बताती थीं। पता नहीं नानी को इतने सारे किस्से कैसे याद रहते थे। जब भी नानी उन्हें कहानी सुनातीं, वह खो जाया करतीं। कभी पूछा भी करतीं, "नानी, ये देवदूत कौन होते हैं?" तो नानी कहतीं, "भगवान का भेजा हुआ

दूत होता है जो घोड़ों वाली चमकती रथों से लैस होता है, उसी पे बैठ कर आता है और लोगों को दूर ले जाता है, दूर बहुत दूर... वह मुझे भी एक दिन ले जाएगा।" और परियों के बारे में पूछतीं तो नानी उन्हें बताती थीं। वे सभी उनके कहानियों के पात्र आज आँखों के आगे आ-आ कर विलुप्त होते जा रहे थे। फिर उन्हें कब नींद आ गई पता नहीं।

आज 16 सितंबर है। अभी-अभी केली का फोन आया है कि वह अपने बच्चों के साथ कल आ रही है। मिसेज स्टेला काफी खुश हो गईं। चलो कुछ दिन ही सही, केली आ जाएगी तो उनका भी मन लग जाएगा। मिसेज स्टेला अब अपने गार्डन में फूलों को पानी देने लगी थीं। उन्होंने अपने गार्डन में कई तरह के फूलों की किस्में लगा रखी थीं। गार्डन की देखभाल करने के लिए एक माली भी हफ्ते में आया करता है। गार्डन के बीच में ही एक सीमेंटेड चबूतरा भी बनाया हुआ है, हर रोज़ वह बैठकर अखबार पढ़ा करती हैं। डॉर्सी भी आ चुकी है तो उसे कॉफी बनाने को कहा तो थोड़ी देर के बाद वह ले भी आई।

"तुम्हारे बच्चे कैसे हैं डॉर्सी?" मिसेज स्टेला उससे पूछने लगीं।

"हाँ, दोनों ठीक हैं," डॉर्सी ने कहा।

"और जॉन कैसा है? वह यहीं है या बाहर?"

"वीकेंड पर आने वाला है, कह तो रहा था।" डॉर्सी का हसबैंड जॉन एक दवा की कंपनी में ड्राइवर का काम करता है और हमेशा काम के कारण बाहर ही रहता है।

"और तुम्हारा छोटा बेटा टोनी स्कूल जाने लगा क्या?" मिसेज स्टेला ने पूछा।

"नहीं अभी नहीं, अगले सेशन में उसे स्कूल में दाखिला दिला दूँगी," डॉर्सी ने कहा।

"मुझसे कहना, मैं स्कूल के एडमिशन की फीस दे दूँगी।"

"होगा आंटी, मैं कहूँगी," डॉर्सी ने सिर हिलाकर कहा।

अब तक मिसेज स्टेला कॉफी पी चुकी थीं, तो डॉर्सी ने कप उनके हाथ से लेकर अंदर जाते हुए पूछा, "आंटी, आपके खाने में क्या बना दूँ?" मिसेज स्टेला से पूछकर डॉर्सी भीतर चली गई। धूप आज कम ही है। हवाएं शांत हैं पर थोड़ी ठंडक ज़रूर है। आज का अखबार भी विक्टर

लाकर उन्हें दे गया था। मिसेज स्टेला ने अपने कंधे पर शॉल लपेट रखा था। अब वे पेपर पढ़ने में व्यस्त हो गईं। डॉर्सी खाना बनाकर कब की जा चुकी थी। अखबार पढ़ते हुए भी उन्हें काफी देर हो चुकी थी। शायद नौ से ऊपर बज रहे होंगे क्योंकि यूनिफॉर्म पहनकर कॉलोनी के बच्चे स्कूल जाने लगे थे। अभी थोड़ी देर वे बाहर ही रहेंगी। काम भी तो कुछ है नहीं। हाँ, उन्होंने जो टमाटर का अचार बनाया था, उसे वो आज फिर से बनाएँगी। केली को भी उनका बनाया अचार अच्छा लगता है। अंदर आकर वे अचार बनाने में जुट गईं।

मिसेज स्टेला के दोनों बच्चे बाहर ही हैं। केली तो ज़्यादा दूर नहीं है, यहाँ से बस पाँच-छह घंटे का ही सफर है। केली ही को जब भी फुर्सत होती है, वह मम्मी से मिलने आ ही जाती है। और केली से बड़ा बेटा है जो न्यूज़ीलैंड में रहता है, वह जल्दी नहीं आ पाता है। पर उन्हें फोन करना कभी नहीं भूलता है। वह भी अपने डैड की तरह आर्मी ही जॉइन किया हुआ है, इस कारण भी उसे फुर्सत नहीं मिलती है। उसके बच्चे भी बड़े हैं। यदा-कदा उनका भी फोन आता ही है।

"मिसेज स्टेला, आप अंदर हैं क्या?" किसी ने बाहर से आवाज़ लगाई।

"हाँ आती हूँ।" मिसेज बाहर आईं तो देखा प्लंबर बाहर खड़ा था। उसे देखकर उन्हें याद आया कि उसे उन्होंने ही गार्डन का नल ठीक करने को बुलाया है। गार्डन में लगे फव्वारे से पानी नहीं आ रहा है। मिसेज स्टेला ने उसे कौन-कौन से काम करने हैं बतला दिया। वह अपने काम में लग गया। कल केली भी तो आ जाएगी। उन्हें उसका भी कमरा ठीक करवाना पड़ेगा क्योंकि ऊपर में वह जल्दी जाती भी नहीं। उसे भी तो सफाई करवानी पड़ेगी। ये काम डॉर्सी को ही करने को कहेगी।

मिसेज स्टेला बरामदे में लगे सोफे पर बैठी एकटक अपने अहाते में लगे पेड़ों को देख रही थीं। इन पेड़ों को जॉनसन ने ही लगाया था। अब डैफोडिल का पेड़ कितना विशाल हो गया है। लाल टहेस फूलों से ये पूरा अटा पड़ा था। उस पेड़ पर कुछ पक्षियों के घोंसले भी बने हुए थे। हमेशा पक्षियों का शोरगुल होता रहता था पर यह आज क्यों नहीं है? उन्होंने घोंसले को ध्यान से देखा। अब शायद ही वह पक्षी फिर आएगा। उन्होंने

अपने भीतर एक तल्खी महसूस की।

आसमान साफ था, आज बादल का नामो-निशान नहीं था पर पहाड़ियों के ऊपर नीली धुंधली चादर की एक अंतहीन महीन चादर सी फैली ज़रूर थी। सूरज भी पहाड़ की गोद में जा छिपा था और तलहटियों पर उनकी पीली रोशनी के किरचे ज़रूर बिखरे हुए थे। शायद अब थोड़ी देर में शाम भी हो जाएगी। अभी तो सबकुछ ठीक ही तो था। पर कोई दरख्त आज टूटा पड़ा था। आज मिसेज स्टेला जो अपने में ही खुश रहा करती हैं, उनका मन क्यों अभी उदास हो गया? शायद पक्षी फिर आए ही नहीं। वे हर रोज़ तो यहीं सोफे पर बैठकर पढ़ा ही करती थीं। पर उनका ध्यान आज उन घोंसलों पर गया था।

अब बाहर शाम का बसर होने ही वाला था। कॉलोनी में घरों की बत्तियाँ करीने से जल रही थीं, उन्होंने भी अब उठकर बरामदे के अहाते में लगे लैंपपोस्ट को जला दिया। अब डॉर्सी के आने का समय भी हो गया है। मिसेज स्टेला घर के सभी कमरों की बत्तियाँ जलाने लगीं। करीब 6:00 बज रहे थे। डॉर्सी आ गई।

"कैसी हो डॉर्सी?" मिसेज स्टेला ने पूछा।

"मैं ठीक हूँ आंटी," डॉर्सी ने कहा।

"कल केली आने वाली है," मिसेज स्टेला ने कहा।

"वाकई?" डॉर्सी ने पूछा।

"हाँ डॉर्सी, आज उसके कमरे को थोड़ा साफ़ कर दो, बहुत दिनों से यह बंद पड़ा है। मैंने कई दिनों से खोला नहीं है। पर अभी मुझे कॉफी की ज़रूरत है, तो पहले कॉफी बना दो फिर सफाई कर लेना," मिसेज स्टेला ने कहा।

"होगा," कहते हुए डॉर्सी किचन जाने लगी। वह भी आज खुश थी, केली से उसकी खूब बनती जो है।

मिसेज स्टेला कॉफी पीकर तरोताज़ा महसूस करने लगीं। डॉर्सी ने भी उनसे खाने में क्या बनाना है पूछकर डिनर तैयार करने लगी और मिसेज स्टेला नॉवेल के बाकी बचे पन्नों को खोलकर पढ़ रही थीं। उन्हें पढ़ते हुए काफी देर हो चुकी थी, तो उन्होंने दीवार पर लगी घड़ी की ओर देखा तो 8:30 बज रहे थे। अक्सर उनके सोने का समय 9:00 बजे है तो वे किचन

में जाकर अपने लिए प्लेट ले आईं और डिनर करने लगीं। कुछ देर वह बरामदे पर अपनी छड़ी के सहारे वॉक करने लगीं। और जब टहलना बंद कर चुकीं तो दरवाज़ा बंद कर बेडरूम में सोने को आ गईं। सोने से पहले वे फिर नॉवेल के पन्नों को उलट-पलट करने लगीं पर कब आँख लगी उन्हें पता नहीं चला।

सुबह हो चुकी थी। आज मौसम में कुछ ठंडापन था। मिसेज स्टेला बाहर निकलने से पहले अपने को पूरी तरह से ढकना नहीं भूलती हैं। वे जानती हैं कि यहाँ जल्दी ही मौसम बदलता रहता है। बाहर माली भी आ चुका था और वह गार्डन में उग आए बड़े-बड़े पौधों की कटिंग कर रहा था। मिसेज स्टेला भी आकर चबूतरे पर बैठ गईं। अखबारवाला अखबार को टेबल पर रखकर कब का जा चुका था। वे अब उन्हें पढ़ रही थीं और माली को कुछ निर्देश (instruction) भी दे रही थीं। सुबह के 9:00 बजने वाले थे और डॉर्सी अभी तक आई नहीं थी। "आज वह लेट है शायद" कहते हुए वह अपनी टी-गर्म कॉफी बनाने के लिए किचन में जा ही रही थीं कि डॉर्सी आ गई और उसने मिसेज स्टेला को कहा, "मैं कॉफी बनाती हूँ आप जाओ मैं लेकर आऊँगी।"

मिसेज स्टेला घंटों ऐसे ही बाहर अपना समय बिताती हैं। कॉलोनी के बहुत सारे बच्चे पार्कों में खेल रहे थे क्योंकि आज संडे की छुट्टी थी। मिसेज स्टेला भी प्रसन्न हो रही थीं कि आज केली के बच्चे भी आ ही रहे हैं। चलो, केली के आने से कुछ दिनों तक मन तो लगा रहेगा। माली गार्डन में काम खत्म कर चुका तो मिसेज स्टेला ने उन्हें डैफोडिल के दूसरे कलर के पौधों को लाने को कहा तो उसने "ठीक है" कहा और मिसेज स्टेला से विदा लेकर चला गया। उनके गार्डन में कई किस्म के फूलों के पेड़ थे। जब भी कोई उन्हें अच्छा लगता वे उसे लाने को कह दिया करती थीं। धूप अब निखर रही थी। डॉर्सी केली और उनके बच्चों के लिए बहुत तरह के डिशेस तैयार कर रही थी। तभी केली की गाड़ी के आने की आहट मिसेज स्टेला ने सुनी, सच में केली ही थी। उसके दोनों बच्चे भी आ गए थे। केली ने मम्मी को गले से लगा लिया। बच्चों ने ग्रैंडमदर को हेलो कहा। मिसेज स्टेला ने उन्हें भी अपना प्यार दिया। थोड़ी ही देर पहले जो सन्नाटा पसरा हुआ था उनके आते ही शोर से भर गया। बच्चे

खेलने में मशगूल हो गए। केली को सामने देखकर डॉर्सी खूब खुश हुई। केली ने डॉर्सी से हाल-चाल पूछा। केली डॉर्सी के लिए और उसके बच्चों के लिए कई उपहार लाई थी, उन्हें दिए तो डॉर्सी काफी खुश हुई। अभी करीब 10:30 हो रहे थे।

मिसेज स्टेला ने केली से कहा, "तुम फ्रेश हो जाओ तो साथ में लंच करते हैं।" लंच तैयार हो चुका था।

"हाँ, मैं जल्दी ही तैयार हो जाती हूँ," केली यह कहते हुए अपने कमरे में चली गई।

बच्चे दोनों बाहर खेल रहे थे।

"नानी आप छड़ी क्यों रखती हैं?" जिम्मी ने पूछा।

"तुम जैसे शैतान बच्चों के लिए।"

"क्यों नानी, मैं तो बहुत सीधा हूँ," जिम्मी ने भोलेपन से कहा। "तो यह फूल तुमने क्यों तोड़ा?" मिसेज स्टेला ने हँसते हुए जिम्मी से कहा।

"मैंने नहीं, जेनिथ ने तोड़े हैं," जिम्मी ने नानी को मासूमियत से कहा और जेनिथ की ओर देखकर कहा, "है ना जेनिथ बोलो।" जिम्मी ने जेनिथ से पूछा और जेनिथ ने इनकार किया। तो मिसेज स्टेला ज़ोर-ज़ोर से हँसने लगीं।

"तुम दोनों ही शैतान हो, मैं यह जानती हूँ। अब चलो और हाथ धोकर लंच करने आ जाओ।"

मिसेज स्टेला उन दोनों को अपने साथ लेकर भीतर आ गईं। टेबल पर लंच लग चुका था। सभी कोई लंच करने लगे। बीच-बीच में मिसेज स्टेला, केली और बच्चों से तरह-तरह के सवाल-जवाब कर भी रही थीं। उन्हें आज बहुत ही सुकून मिल रहा था। आज का दिन बीत गया था। केली का तो बचपन यहीं गुज़रा है तो वह अपने कई दोस्त जो यहीं रहती थीं उनसे मिलने चली जाती थी और नानी दिन भर जिम्मी और जेनिथ के साथ बातें कर या कहीं घूमकर समय बिताया करती थीं। कभी-कभी बच्चे बाहर घूमने को कहते तो डलहौजी शायर में ही एक बोटैनिकल पार्क था, वहाँ घुमाने लेकर चली जाती थीं। एक-दो बार मिसेज स्टेला डलहौजी शायर के पुराने चर्च भी लेकर गई थीं। कहने को तो यह बस्ती छोटी सी ही थी पर घूमने के बहुत से प्राकृतिक सौंदर्य का नजारा था तभीतों इस

बस्ती में घूमने दूर-दराज़ से भी टूरिस्ट आया करते थे। करीब 3 या 4 ही किलोमीटर की दूरी पर वॉटरफॉल की एक खूबसूरत जगह थी। वहाँ भी मिसेज स्टेला केली और बच्चों को लेकर गईं। इन 15 दिनों में मिसेज स्टेला को तो समय का पता ही नहीं चला कि कैसे इतनी तेज़ी से यह बीत गया। बच्चे तो यहाँ से वापस जाने को तैयार ही नहीं थे पर उनका स्कूल भी तो खुल गया था। केली ने जाते-जाते मम्मी से कहा था, "मेरी 10वीं एनिवर्सरी है शादी की, तुम्हें आना होगा मम्मी।"

"हाँ आऊँगी केली," मिसेज स्टेला ने कहा था।

केली तो शहर को चली गई और मिसेज स्टेला फिर से अकेली हो गईं। अब समय नहीं कट रहा था। धीरे-धीरे शायद यह घिसटते हुए बीत रहा हो जैसे। डॉर्सी ने भी छुट्टी ले ली है, उसे अपने गाँव जाना है बस दो-तीन दिनों के लिए ही। मिसेज स्टेला यूँ तो अपने लिए खाना बना भी लेती हैं, पर डॉर्सी के रहते वह ज़्यादा कुछ नहीं करतीं सिर्फ कॉफी या टी बनाने के अलावा। टॉम की दुकान से वह ज़्यादा कुछ सामान खरीद कर भी नहीं लाई हैं, बस दो-तीन पैकेट ब्रेड और जूस और फ्रूट्स।

क्रिसमस की तैयारी हो रही थी। लिंकन चौक की कई दुकानों में तरह-तरह के सजाने के सामान से हर दुकान अटी पड़ी थी। उन्होंने भी कांच के कई सारे सजाने के सामान खरीदे थे। हर गली-मोहल्ले में क्रिसमस की तैयारी देखी जा सकती थी। घरों को सजाने का भी काम चल रहा था। सभी में एक उत्साह नज़र आ रहा था। बस्ती का एकमात्र गिरजाघर था, उसमें भी ज़ोर-शोर से सजावट हो रही थी। कल मिसेज स्टेला चर्च आएँगी। मिसेज खरीदारी कर वापस लौट चुकी थीं। सड़कें कनेर के फूलों से अटी पड़ी थीं। हवाएं अब फिर बहने लगी हैं, शायद बर्फ के फुहारे फिर बरसने लगेंगे। मिसेज स्टेला लंबे-लंबे कदम रखते हुए चलने लगीं और करीब-करीब सूर्यास्त होने से पहले ही वे घर पहुँच चुकी थीं। आज उन्होंने कॉफी नहीं बनाई। पहले वे खाना खाकर ही कॉफी बाद में पिएँगी। सबसे पहले आज अभी विलियम वर्ड्सवर्थ की पोयम 'The Solitary Reaper' पढ़ लेंगी। वह भी उसी की तरह तो है शायद अकेली। वह बार-बार उसे पढ़ना चाहेंगी। रात अब ढलने लगी थी। पढ़ते-पढ़ते उन्हें कब नींद आ गई पता नहीं। रात को तो उन्होंने खाना भी नहीं खाया था, बस गरम सूप

पीकर ही बिस्तर पर लेटे-लेटे पढ़ने लगी थीं।

डॉर्सी अपने गाँव से वापस भी आ चुकी थी। सुबह हल्की बूंदाबांदी हो रही थी। तेज़ हवा भी चल रही थी। डॉर्सी ने कॉफी लाकर उन्हें दे दी और खुद किचन में चली गई, आज उसे भी चर्च जाना है। मिसेज स्टेला उससे क्रिसमस की खास तैयारी के बारे में पूछ रही थीं। मिसेज स्टेला शॉपिंग कर लाए हुए शीशे के कुछ सजावट के सामान को करीने से सजाने लगीं।

आज 24 दिसंबर है। वह थोड़ी ही देर में चर्च जाएँगी क्योंकि शाम में भीड़ में जाना उन्हें मुश्किल होगा। कुछ ही देर में वह तैयार होकर चर्च को जाने लगीं। आज चर्च बहुत ही अच्छे से सजा हुआ था। छोटे-छोटे सभी बच्चे सांता बने हुए शायद जश्न के लिए चर्च में अपने-अपने पेरैंट्स के साथ थे। आज खास प्रेयर होने वाला था। फादर मैकॉलियस आ चुके थे और खास प्रेयर शुरू होने वाली थी। पूरा हॉल भर चुका था तो फादर के खास शब्द गूँजने लगे। सभी कोई उनके कहे शब्दों को दोहरा रहे थे। प्रेयर खत्म होने के बाद कोई-कोई विश के लिए फादर के पास जाने लगे थे। मिसेज स्टेला बाहर आ चुकी थीं। बाहर आकर उन्होंने डॉर्सी और उसके बच्चों के लिए ड्रेसेस खरीदीं और वापस घर लौट गईं। डॉर्सी घर पर ही थी। वह उन्हीं का वेट कर रही थी।

"आज क्या बना दूँ?" डॉर्सी ने पूछा।

"पहले कॉफी बनाकर दो मुझे, मैं थक गई हूँ," मिसेज स्टेला ने कहा।

डॉर्सी बनाकर ले आई तो मिसेज स्टेला ने एक बैग उसे थमा दिया।

"क्या है इसमें?" डॉर्सी ने पूछा।

"देखो तो सही, मैं तुम्हारे और तुम्हारे बच्चों के लिए ड्रेसेस लाई हूँ," मिसेज स्टेला ने कहा।

ड्रेसेस अच्छे थे, डॉर्सी ने मिसेज स्टेला को धन्यवाद दिया। फिर उनके पसंद का खाना बनाने को पूछकर किचन में चली गई।

शाम को डॉर्सी को उन्होंने मना कर दिया क्योंकि उसे भी चर्च जाना है और फिर रात भी हो ही जाएगी। वह कुछ ब्रेड और जैम ले लेगी। आज उन्हें यह दिन खल रहा था, शायद मिस्टर जॉनसन के न होने की वजह से या फिर और ही, उन्हें पता नहीं। रात को जब वह बिस्तर पर आईं तो हाथ में विलियम वड्र्सवर्थ का पोयम बुक था। कुछ पन्ने पलटते ही उन्हें

न जाने कब नींद आ गई। आँखों के आगे कुछ परिदृश्य से होने लगे थे फिरसे और वे कहीं गुम सी हो गईं।

सुबह डॉर्सी आ चुकी थी तो मिसेज स्टेला को उसने बिस्तर पर ही देखा। उसने जगाने के लिए आवाज़ दी पर मिसेज स्टेला ने कोई जवाब नहीं दिया। तो वह उन्हें झकझोरने लगी पर वे नहीं थीं। डॉर्सी घबरा गई थी और डॉक्टर को कॉल करने लगी। लेकिन मिसेज स्टेला कब की जा चुकी थीं। सिर्फ उनका बेजान शरीर वहाँ पर था।

उस रात को सचमुच का देवदूत अपने सफेद फर वाले घोड़े पर सवार होकर आया था और मिसेज स्टेला को अपने साथ ले गया था... बहुत दूर।

3

कोई अपना सा

ओ अम्मा,ओ अम्मा -वह खिडकी के बाहर आवाज लगा रहा था। अम्मा ने खाना खा लिया था पर अभी सोयी न थी। अम्मा ने कमरे मे अपने विस्तर के ठीक सटे हुए खिडकी से बाहर झांककर देखा तो हरिया आवाज दे रहा था।

क्यों रे हरिया,कहां था तू इतने दिनों से? अम्मा ने उलाहने भरे अंदाज से पूछा।

हरिया ने अम्मा को दिखाकर अपने कान पकड़ लिये।

अम्मा ने फिर पूछा -बता ना १०-१२ दिनो से तू कहां गायब हो गया था

अबतक हरिया अपने कंधे पर रक्खे थैले को बरामदे पर रख चुका था।

फिर हरिया ने कहा- अरे अम्मा जंगल की ओर चला गया था जडी खोजने। तू तो जानती है ना जंगल कितनी दूर है।

पर अम्मा को क्या पता कि जंगल कितनी दूर है। वह बताने लगा कि पैदल चलो तो ३ दिन पक्के लगेगें। बापू के साथ एक दो दफे वहां गया भी था।सबसे पहले तो शेरपुरा आता है और फिर चलते जाओ शेरघाटी आता है और फिर उसके बाद जंगल शुरु होता है।यहां से तो १० कोस तो अवश्य ही होंगे।वही चला गया

क्यों क्या जरुरत पड़ गई तूझे जडी की अम्मा ने पूछा।

अरे अम्मा यह जडी बडी काम की है। कीडे मकोडे पास नही फटकते।

इसकी मांग बहुत है गांवो मे सो लेने चला गया था हरिया कहने लगा । हरिया ने झोले से टटोलकर एक थैली से एक डिब्बा निकालकर उसमे से एक छोटी सी जडी निकाल कर अम्मा की तरफ हाथ बढाते हुए बोला -लो अम्मा इसे संभाल कर अपने पास ही रखना सिरहाने तले । इसके गंध से कीड़े मकोडे
पास न फटकेगें तुम्हारे ।

ऐसा है क्या जडी के गुण- अम्मा ने हाथ बढा दिया ।
हू सच कहता हूं अम्मा। हम संपेरों के हर घर मे मिल जायेगा । यह तो हमारी रोजीरोटी है और जानती हो अम्मा इसे गांव गांव मे बेचता हूं तो अच्छे दाम मिल जाते है । कभी कभी तो २ तीन सौ भी मिल जाते है- हरिया उल्लसित होकर बोला ।

अम्मा इसे संभाल कर रखना - वह फिर बोला
अम्मा ने बटुआ खोल उसमे से पैसे निकाल देने चाहे तो हरिया ने हाथ खिंच लिये ।
अरे ना अम्मा,तुझसे पैसे न चाहिए मुझे,तू तो अपने दुआयें देती रह बस जिससे मै अपने घर के लोगों के पेट पाल सकूं -बोलते हुए हरिया चुपचाप अपने झोले उठाने लगा । अम्मा कुछ न बोली ।
फिर चलता हूं -कह कर हरिया झोले को कंधे पे डाल चल दिया ।

अम्मा ने हरिया के दिए हुए जडी को सचमुच एक छोटी सी डिब्बी मे रखकर तकिये के बाजू मे रख लिया था । अम्मा बुढी नही हुई थी। कमर झुक थोडी जरुर गई थी। पर बिल्कुल किसी देवी की तरह थी वो । आंखो मे चमक अब भी था । अम्मा तुम कितनी की हुयी हो -हरिया ने पुछा था तो अम्मा ने कहा था कि गांधी जी के सत्याग्रह आन्दोलन के समय वह १० बरस की थी ।वह अब भी बिना चश्मे के घर के कुछ काम अच्छे से कर लिया करती थी । थी । मन ही मन हिसाब करती फिर बोली -अगले दो महिने मे ८० की हो जायेगी । अम्मा की आखें कमजोर नही हुयी थी। वह

बहु ने आवाज दी अम्मा चाय टेबुल पर रख दिया है ।

अच्छा पी लेती हु कह अम्मा चाय पीने लगी। बडी बहु ही केबल अम्मा के साथ रहती थी। छोटी बहु तो अम्मा के दुसरे बेटे के साथ ही रहती थी। दो बेटियां थी उसकी भी अम्मा ने शादी ब्याह कर दिया था। कभी कभार कुछ मौकों पर आया जाया करती थी ।बडी बहु के दोनो बच्चे शहर के अच्छे स्कूल में पढा करते थे। स्कूल की बस से वे दोनों आया जाया करते थे । अम्मा का बडा बेटा शहर मे बडे पद पर था। वह सरकारी गाडी से ही अफिस चला जाया करता था, उसने अम्मा को कहा भी था चलो सरकारी बंगले मे चलते है पर अम्मा ने ही मना कर दिया, जब तक उसकी सांसे है वह हवेली छोडकर कही न जायेगी। अम्मा को तो आराम
ही आराम था और हो भी क्यों नहीं कमी ही क्या थी नौकर चाकर सभी तो थे काम करने के लिए।
हरीया जब भी इस गांव से गुजरता तो अम्मा से भेंट अवश्य ही करता था । वह कहता था अम्मा तुम्हे देखकर जब भी दूसरे गांव मे सापों को दिखलाता हूं तो सच कहता हूं कि अच्छी आम्दानी हो जाती है । कभी तो चावल भी बहुत मिल जाते है। हरिया अम्मा से बिना मिले न जाता था। एक जुडाव था जो उसे नही पता । हरिया की उम्र हीं क्या थी, २०-२१ वर्ष का रहा होगा दुबला पतला सा।बापू के साथ आते जाते वह पुश्तैनी काम सीख चुका था । बापू की सेहत बिगडने लगी तो घर गृहस्थी चलाने के लिए झोला उठा लिया था । उसके झोले में बास के बनी हुयी दो तीन टोकडीयां हुआ करती थी जिसमें सापों के कई नस्लें थी । वह इसे दिखाकर पैसे कमाया करता था ।

अम्मा कहती ...कोई दूसरा काम क्यों नही करता
हरिया बडे सफाई से कहता.... इसमे क्या खराबी है अम्मा। दिन के दो तीन सौ हो ही जाते है, दिन का खर्च तो चल ही जाता है और मै पढा भी कहां हूं अम्मा । काला अक्षर भैंस बराबर ।
आई होती तो पढ सकता था ,पर मैंने तो उसे देखा भी नहीं
वह फिर कहता ... पर पढाता कौन अम्मा, पैसे भी तो होने चाहिए ।

कापी किताब और कपडे कहां से आता । हरिया अपने दिल की हरेक बात अम्मा को कहता । कभी कभार वह अम्मा को इधर उधर की बातें करता । अम्मा उसकी बाते सुना करती। हरिया का बोलना उसको अच्छा लगता था । बिल्कूल सीधासादा था हरिया । अम्मा बोले भी तो किससे । बहु तो घर के ही कामों में व्यस्त रहती और बच्चें स्कूल से आते ही और बच्चों के खेलने चले जाते थे सो अम्मा को हरिया से बोलना अच्छा लगता था ।

एक दिन हरिया को काला नाग मिला था, सो हरिया बहुत ही खुश था। गांव से निकलते वक्त अम्मा के हवेली से होकर गुजर रहा था । अम्मा खिडकी के बाहर ही देख रही थी । अम्मा को दूर से सलाम किया बरामदे के पास आकर बोला –अम्मा काला नाग मैने पकडा है तू देखेगी तो खुश हो जायेगी

और जैसे ही अपने झोले से टोकडी निकालनी चाही तो अम्मा ने मना कर दिया -रहने दे मुझे मत दिखा

क्यों अम्मा - हरिया ने पूछा

रात मे मुझे डरावने सपने आने लगते है मुझे, न मै न देखूंगी -अम्मा ने कहा

अच्छा तो नही दिखाता - कहकर हरिया जाने लगा तो अम्मा ने रुकने को कहा

फिर आता हूं अम्मा, अभी तो गांव मे जा रहा हूं, हरिया उठ खडा हुआ था । रोज ही हरिया गांवों में घूम घूम कर अपना रोजी रोटी कमा रहा था । जिस गांव मे जाता अक्सर बच्चे उसे घेर लेते थे । बच्चों को दिखला कर वह भी खुश हो जाता था । लौटते वक्त तो उसके पास दूसरा झोला हो जाया करता था। घरों से चावल दाल धान आदि भी मिलता था । हरीया का गुजारा ठीक से हो जा रहा था । फिरभी कभी कभार शहर जाकर दूसरा काम ढूढने का मन हुआ भी था उसे तो उसने मन को मार लिया था। घर मे बापू के अलावा दो बहने और एक भाई ही था । आई को उसने देखा भी

नही था अपने होश मे । खुलने कूदने की इस उम्र मे वह घर का बोझ ढो रहा था पर हरिया को गम न था ।
आज नाग पंचमी का दिन था और हरिया काफी खुश था। इस दिन तो हजार रुपये से भी ज्यादा हो जाते थे । वह कई दिनों से अपने लिए एक अच्छा सा पायजामा ओर कुर्ता लेना चाह रहा था। बहनें भी फ्राक ला देने के लिए कब से कह रही थी। वह मन ही मन हिसाब लगाता था कि दो ढाई हजार से कम ना लगेगें। कुछ पैसे उसने रख भी छोडे थे बचाकर । आज वह जल्दी खाना खाकर निकल गया और हमेशा की तरह उसने अम्मा के हवेली के पास जाकर आवाज दी । अम्मा ने देखा हरिया बरामदे पर खड़ा है ।
जल्दी घर से निकल गया क्यों -अम्मा ने पुछा

आज के दिन मै बहुत गांवो को जाउंगा इस कारण घर से जल्दी ही तैयार होकर आ गया और सोचा कि तुमसे पहले मिलता ही चलूं- कह कर उसने अपना झोला बरामदे पर रख चुका था। तभी अम्मा का लडका जो बाहर को गया हुआ था लौटकर आया तो उसने बरामदे पर हरिया को अम्मा से बातें करता देख गुस्सा हो गया था ।

चलो निकलो यहां से कहते हुए अपने हाथों से उसके झोले को फेकना चाहा तो हरिया जल्दी से झोला को थाम लिया ।

अम्मा ने कहा भी था क्यों बेचारे को डांट रहे हो नन्हें

हरिया अभी अपने झोले को कंधे पर उठा कर जाने ही वाला था कि अम्मा के लडके की आवाज उसे सुनायी पड गयी थी

ना बोला करो अम्मा ऐसे लोगो से , वह अम्मा को बोल रहा था -तुम न जानती हो इनलोगों को ,पलक झपकते ही घर की कीमती सामान चुरा लिया करते है। अब से इन्हे आने नहीं देना

हरिया का मन व्यथित हो गया था । जाते जाते उसने अम्मा की तरफ देख फूर्ती से चला गया ।

दो चार दिन बीत गये थे । अम्मा अपने कमरे से लगे हुए खिडकी से कभी कभार झांक ले रही थी। अम्मा का दिल बैठ गया था। एकदिन अचानक हरिया दिख गया ।वह धीरे से अम्मा के नजदीक आ गया था । दूर था पर वह अम्मा के घर की ओर ही देख रहा था । अम्मा ने हाथ के इशारे से बुलाया । उसकी आखें सूजी और लाल थी। वह सर झुकाए खड़ा हो गया।

क्यों रे कहाँ था तू अम्मा ने उसे उलाहना देते हुए पूछा

हरिया कुछ ना बोला

मुझसे नाराज़ है क्या अम्मा ने पूछा

ना अम्मा ऐसा ना बोलो हरिया ने धीरे से कहा

तो नन्हें की बात का बुरा मान गया हरिया -अम्मा ने पूछा

ना अम्मा ना,मैं बुरा क्यों मानाने लगा , पर मै अब यहां न आउंगा -हरिया की नजरें नीची थी

क्यों न आवेगा यहां – अम्मा बेचैन हो गई

कुछ तुमसे लिया है तो बोलना अम्मा,यह हरिया कहीं से भी जोडकर चुका देगा -वह कहने लगा

अम्मा कुछ बोलना चाह रही थी पर हरिया ने सुना नही

वह फिर कहने लगा - मै तो अम्मा तुममे अपनी आई को देखता था सो चला आता था पर अव न आउंगा कहते हुए उसके मन का बांध टूट गया और वह फफक कर रोने लगा था । बहते हुए आसूंओं उसने अपने कुर्ते पोंछ लिया, अच्छा अम्मा चलता हूं कह फुर्ती से तुरन्त ही वहा से दूर चला गया था । और अम्मा अब भी खिडकी से बाहर देख रही थी। उसके आखों से भी आसू बह रहे थे । अम्मा को लगा कोई अपना उससे दूर चला गया हो जैसे ।

4

नयी तस्वीर

पूरे गाँव में एक उत्सव का माहौल था। आज इस गाँव से विशुन देव काफी लम्बे शहर की ओर जाने वाला था। दो-तीन गाड़ी और बैण्ड बाजा सब कुछ तैयार था। आज विधायक के चुनाव का अंतिम दिन था। कार्यकर्ता और गाँव के लोग सभी घर के बाहर जुटे हुए थे। कुछ ही देर के बाद विशुन देव जी बाहर आ चुके थे। माथे पर एक बड़ा सा तिलक लगाए और शरीर को अच्छे से हाफ बंडी में ढक रखा था। धीरे से आकर वे गाड़ी में आकर बैठ गए। लोगों ने नारा लगाना शुरू किया विशुन देव जी जिन्दाबाद जन अधिकार पार्टी जिन्दाबाद हमारा नेता कैसा हो विशुन देव जैसा हो। बैण्ड बाजा बजना शुरू हो हो गया। लोग नारा लगाते हुए चलने लगे।

हमारा नेता कैसा हो विशुन देव जैसा हो

गरीबी का मसीहा जिन्दाबाद

आदि कई नारों से पूरे गाँव के बूढ़े जवान जोशों खरोश के साथ चलने लगे। सबों ने एक मत से विशुन देव को विधायक केलिए अपना उम्मीदवार बनाया था। हो भी क्यों नहीं। दो बार तो राम खेलावन बाबू को भी तो यही के लोगों ने विधायक बनाया था इसी गाँव के बदौलत वे जीतते आ भी रहे थे। पर उन्होंने गाँव के लिए कुछ भी तो नहीं किया था इस कारण लोगों में रोष बढ़ गया था। बड़े बुजर्ग युवा वर्ग के लिए एक अपना समुदाय के से किसी को चुनना चाह रहे थे। विशुन देव उनके लिए सही था। वह बातूनी बहुत था। कद काठी में भी ठीक-ठाक था। गाँव में

उत्साह देखते बन रहा था। अधिक से अधिक संख्या में लोग लोग सभी नॉमिनेशन में जाने के लिए जुटे हुए थे। विशुन देव ने अपना पर्चा भर चुका था। सारी प्रक्रिया जब विशुन देव बाहर निकला तो लोग सभी दो गुनी जोश से भरकर नारा लगाने लगे।

राम खेलावन बाबू भी इसी गाँव के पले बढ़े थे। खानदानी रईस थे। बाप दादा ने काफी जमीन जायदाद अरजी थी। शहर में भी उनका घर किसी महल से कम न था उस पर उनकी ये अकड़ कि सीधे मुँह किसी बात तक नहीं करते थे। उनकी इसी बर्ताव से लोगों में वैमनस्यता बढ़ गयी थी। लोगों ने इस बार मन बना लिया था कि जैसे भी हो कोई दूसरे को ही विधायक बनाना है।

प्रचार प्रसार में कोई कमी नहीं थी जैसे जीतना बन रहा था सभी सहयोग कर रहे थे। विशुन देव के पिछड़ी जाति के लोगों के साथ वैसे भी लोग थे जो राम खेलावन बाबू के पक्ष में न थे। बड़ी संख्या तो पिछड़ी जाति का ही था। और इन्हीं के बदौलत वे दो बार विधायक पद पर निर्विरोध निर्वाचित भी हुए थे। पर इस बार माहौल गड़बड़ था। उनके लिए इसबार का चुनाव चुनौती पूर्ण था। रामखेलावन बाबू के लिए इसबार की विधायकी पर प्रश्न चिन्ह लग चुका था। वे इस बार मान रहे थे कि बाजी उनके हाथ से छूटती हुई जैसी। वह हर तिकड़म करके टिकट लेना चाह रहे थे । उनकी प्रतिष्ठा दाँव पर लग चुका था।

आज गाँव के बाहर बने हुए पंचायत भवन के बाहर खाली मैदान में जन सभा का आयोजन हो रहा था। राम खेलावन बाबू के भाषण का कार्यक्रम 10 बजे रखा गया था। भाषण सुनने लोग खाली मैदान पर जुटने लगे थे , हजारों-हजार की भीड़ तो न थी बहुत सारा जगह खाली पड़ा हुआ था , राम खेलावन बाबू फूल मालाओं से लदकर गाड़ी से आ पहुंचे थे। उनमें उत्साह कुछ कम नजर आ रहा था फिर भी वे दमखम लेकर आये हुए थे। अपने भाषण से लोगों को प्रभावित करने की कला तो उनमें थी हो भी क्यों नहीं यही सब सीखकर ही तो वे विधायक बनते आये थे। हर पैंतरा उनका चलना आता था। कैसे वॉटरों को वश में करना है यह तो उन्होंने दस वर्षों से सीखा भी तो था।

उधर दूसरी ओर पर भी भाषण आयोजित हो रहा था। विशुन देव जी ने अपने भाषण में कोई कसर न छोड़ी। एक-एक चिट्ठा उन्होंने खोलकर रख दिया। गाँव के लोगों का हुजूम बार-बार उनके भाषण पर ताली बजाकर वाहवाही कर रहे थे। लाउड स्पीकर से आवाज़ गूँज रहा था। भाषण भीषण का क्रम था। उधर भी भाषण शुरू हो गया था लेकिन उनकी ये बात खल रही थी कि आज उनके सामने कोई उनका दावेदार हो गया था। एक-एक पैंतरा उन्होंने आजमाया।

भाइयों और बहनों आज आपका यह सेवक आपके सामने आकर आपसे वोट माँगने आया है। पिछली बार की तरह इस बार भी आप मुझे जिताओगे हमारी पार्टी को जिताओगे। आपसे उम्मीद है कि पिछली चुनाव की भाँति ही हमें भारी मतों से जिताओगे और यही अपेक्षा है कि आप मुझे निराश नहीं करोगे। इसबार गाँव में जमकर विकास होगा। मैं आपसे वादा करता हूँ अगर इसबार ऐसा नहीं हुआ तो बेशक अगली बार मुझे मत चुनना। पर इस बार मुझे अपना साथ दें। मैं भरोसा दिलाना चाह रहा हूँ कि इस बार यह गाँव हर सुविधाओं से सम्पन्न होगा। हर क्षेत्र का विकास होगा। हर सुविधाओं से परिपूर्ण होगा। मेरे प्रतिद्वंद्वी विशुन देव में अपनी बात रखने की क्षमता क्या होगी आप समझ सकते हैं। आज तक जिसकी राजनीति का ‘र’ भी नहीं मालूम उसे कुछ राजनीति में प्रवेश कराएँगे। राजनीति एक कला है और इसे कुछ समझ होगी इसकी। कुछ समझ होगी तभी तो वे जनता की भलाई कर पाएँगे। यह और-गैरों की समझ से परे है और यही इनकी वश की बात नहीं और यह विशुन देव! क्या मैं इसे नहीं जानता? और यह मेरे सामने क्या टिक पाएगा? नाच गा ले और लोगों की वाहवाही लूट ले यही सब उसके लिए ठीक होगा। हम से उसका क्या मुकाबला। उसे जबसे मैंने देखा है सुना है वह पैदायशी नचनियां है हमेशा नाचता ही रहे तो ठीक है नचनियां कहीं का

विशुन देव जी का भी भाषण खत्म तो हो चुका था पर अभी वो मंच पर ही थे कि अपने बारे में वे सुनकर चौंक से गए। उन्हें नचनियां कहा जा रहा था जो आज उसे अंदर से कचोट गया। और जिस अतीत को वह भूल चुका था एकबारगी सामने दिखाई पड़ने लगा। उन्हें लगा कि काश यह धरती फट जाए और वह इसमें समा जाए। एक ठपका सा लग गया।

उनके चेहरे पर कई भाव आने लगे। चुपचाप वे नीचे उतरकर बाहर की तरफ चलने लगे। बरसों पीछे छोड़ आये अतीत आगे परिदृश्य होने लगा था।

नौचंदी का मेला हर साल की तरह इस बार भी बड़े ही धूम-धाम से आयोजित होने जा रहा था। मेला पूरी तरह सज रहा था। 15 दिनों तक चलने वाला इस मेले में हर बार की तरह मौत का कुआँ , सर्कस , करन्ट वाली लड़की , जादू आदि दिखलाया जाता था। राम पुर कस्बे के दो-तीन कोस के आस-पास के भी बच्चे , बूढ़े , जवान सभी का मेले में जमावड़ा होता था पर इतने सब होने के बावजूद भी नौचंदी के मेले का ख़ास आकर्षण विशुना का नाच हुआ करता था। लोग नाच देखने के लिए उमड़ पड़ते थे। क्या नाचता था वो। कितने ही फिल्मों के हिन्दी भोजपुरी गीत उसे पूरी तरह याद थे और नाच तो पूछो ही मत। इतना घुंघुरू जब वो ताल की थाप पर अपनी कमर मटकाता था लोग बाग सीटियाँ पर सीटियाँ बजाया करते थे। रूपये पैसे उछाल कर फेंकते थे। विशुन देव देह काठी में वो ठीकठाक तो था ही और सूरत तो भगवान ने उसे पैदायशी गोरा ही बनाया था। जब वह लम्बे केशों को गूँथकर रिबन से बाँध दो चोटियाँ बना लेता और चेहरे पर स्नो पाउडर लगा साड़ी पहन लेता तो विशुना को पहचानने वाले भी धोखा खा जाया करते थे। भगवान ने आवाज़ भी अच्छी दी थी। गाना भी वह अच्छा गा लेता था। घंटों लोग उसका नाच देखने के लिए प्रतीक्षा भी करते रहते थे। जब वह नाचता था तो वह किसी सजी हुई नर्तकी से कम न लगता था। पिछले मेले में तो एक लम्बी मूँछ वाले दारोगा ने उसे गंदी इशारे कर अपने पास बुलाकर हाथ पकड़ लिया था। वह बार-बार कोशिश करता रहा मगर उस दारोगा ने कसकर पकड़ रखा था। बहुत मिन्नतें करने पर उसका हाथ छोड़ा था। लोग धोखा खा जाते थे उसे देखकर। चालढाल सभी तो लड़कियों वाले थे।

वह तो नाच मण्डली ही धीरे-धीरे बिखरने लगा था। मण्डली के कई कलाकार नौकरी की तलाश में शहर चले गए थे। विशुना भी अपने लम्बे बालों को कटवाकर अलग-थलग हो गया था और करते भी क्या घर परिवार चलाने के पैसे चाहिए थे तो वह भी गाँव के लड़कों के साथ कमाने जाने लगा। पहले-पहले तो बोझ ढोने में दिक्कत होती थी बार-बार उसके

कमर में मोच आ जाते। कोई तो मजाक भी बनाया करते थे फिर भी वह अपना काम करता था। धीरे-धीरे परिस्थितियाँ बदलने पर हर कोई में परिवर्तन होने लगता है सो उसमें भी परिवर्तन हुआ। अब वह अपने छोटे बाल को अच्छे से सँवार कर रखता था। विशुना भी अपने को बदल कर अलग-थलग हो गया। उसने अपने चालढाल को सुधार लिया था। विशुना भी खुद को बदल कर विशुन देव जो बन गया था। एक बात तो उसमें कि वह बातूनी बहुत था। उसे बोलना बतियाना अच्छा लगता था। जब विधायकी के लिए लोग एक अच्छे उम्मीदवार तलाश रहे थे तो विशुना ही उन लोगों को अच्छा दिखाई पड़ता था क्योंकि बहुत से युवा वर्ग के नौजवान शहर में रहने लगे थे। पिछड़ी जाति का वह चेहरा भी था।

विशुनदेव को अपने में आये परिवर्तन उसे अच्छा भी लगता था। अब ये अचानक बरसों से दबे हुए घाव को कुरेद कर हरा कर दिया था। घर आकर वह बिस्तर पर निढाल सा पड़ गया। एकबारगी उसका मन हुआ कि जाकर अपना नॉमिनेशन वापस ले ले। पर वह लेकर करेगा भी क्या। क्या वह अपने पेशे में लौट जाएगा। नहीं कभी नहीं वह झटके से उठ खड़ा हुआ। आईने में देखकर उसने अपने भाव को छिपा लिया। वह फुर्ती से निकल कर बाहर खड़े भीड़ में शामिल हो गया। बच्चे युवा सभी ने नारा लगाना शुरू किया

हमारे नेता कैसा हो ,विशुन देव जी जैसा हो विशुन देव जी जिन्दाबाद

गाँव गलियों में नारा लगाते हुए लोग सभी बढ़ने लगे। विशुनदेव जी गाड़ी के भीतर खड़े होकर लोगों का अभिवादन स्वीकार कर रहे थे। नई राह उन्हें मिल गई थी।

और फिर धन बल से जितना हो सके राम खेलावन बाबू ने किया तो था फिर भी वो सफल न हो सके।आखिर जब चुनाब हुआ तो विशुनदेव जी भारी मतों से जीतकर विधायक बन चुके थे। अपने वादे के अनुसार हर काम जो नहीं हो सका था सड़क नाला और जीर्ण हो चुके अस्पताल के नए भवन भी विशुन देव ने बनवाया और फिर जल्द ही जो बच्चे नृत्य सीखना चाहते थे उनके लिए डांस एकेडमी भी खुलवाया। अब यह रामपूर कस्बा जो बरसों से उपेक्षित रहा था आज वह शहर में परिवर्तित हो गया

था। पुरानी तस्वीर बदलकर नयी तस्वीर हो गयी थी।

5

धुप

आज धूप कुछ ज्यादा तेज थी। वह स्टेशन से बाहर सड़क के किनारे पेड़ की छाँव में अपनी रिक्शा को खड़ी करके सोता रहा था। अभी अभी उसने एक सवारी को चौरहा से लाकर स्टेशन पर पहुँचाया था। कुछ देर और आराम कर वह सवारी करना चाह रहा था। एक दो ने पूछा भी तो उसने इन्कार कर दिया था। ज्ञात हो कि इस दोपहरी में रिक्शा चलाना मुश्किल भरा काम है। वह और भी क्या कर सकता था। यहाँ उसके गाँव के ५-६ लोग थे जो यहीं रिक्शा चलाया करते थे। गाँव में घर परिवार चलाना मुश्किल हो रहा था तो उसने हरी काका से कहा था। हरी काका ने कहा था कि शहर आ जाओ मैं किराया पर रिक्शा दिलवा दूँगा तुम्हें। कुछ महीने रिक्शा चलाकर उसके भाड़ा भी चुकाते रहना। हरीकाका की बात उसे अच्छी लगी इसलिए उसने हामी भर ली थी। और वह कुछ दिन के लिए खाने पीने का इन्तजाम करके वह नवागढ़ आ गया था। उसे अब यहाँ आए हुए ४ ५ महीने बीत भी चुके थे। एक दो महीने में उसने एक खोली भी ले ली थी। कई रिक्शावालों खोली में अपने अपने परिवार के साथ रह रहे थे। उसने भी परिवार को बुला लिया था। वह दो बच्चों और परिवार के साथ अच्छी तरह से रह रहा था। पैसे बचाकर घर में भी बाबु और अम्मा के लिए पैसे भेज करता था। उसे आज फिर पैसे भेजने है। कल मंगलवार घर जाने वाला है।

उसने सर उठाकर ऊपर की तरफ देखा । कहीं भी बादल का नामोनिशान तक न था । आज घर से निकलते ही छुटकी ने कहा थाबापू मेरे लिए नई फ्रॉक ला देना । पुरानी वाली फट चुकी है भीतर से वह दौड़कर एक फटी हुई फ्रॉक लेती आई ।

ठीक है ला दूँगा कल्लू ने कहा था । उसने पॉकेट से पैसे निकालकर गिनने शुरू किए दो सौ ही रुपये हुए थे । वह रोज ही टाल दे रहा था । दो तीन दिनों में राशन भी खत्म होने वाला था । अभी उसे और सवारी चाहिए और वह सवारी का इन्तजार करने लगा । जल्द ही उसे स्टेडियम तक का सवारी मिल गया । वह बेतहाशा गर्मी भूलकर रिक्शा चलाने लगा । इसी तरह यह उसके रोज का दिनचर्या था ।

छुटकी आ देख मैं तेरे लिए फ्रॉक ले आया उसने घर में घुसते ही आवाज लगाई । कल्लू उसकी आँखों में चमकती हुई खुशी देखना चाहता था ।

हाँ ये बहुत अच्छी है छुटकी उसे अपने हाथों में लेकर चहक उठी ।

मैं भी लूंगा कहते हुए छोटा बेटा ज़िद करने लगा ।

वह उसे अगले कुछ दिनों में लाकर दूँगा कहकर गोद में लेकर मनाने लगा । तब तक लच्छी खाना बनाने चली गई । कुछ देर बीतने पर लच्छी ने पुकार कर कहा हाथ पैर धो लो खाना परोस दिया है । कल्लू बच्चे को अपने गोद में ले लिया । बेटा अभी तीन का पूरा नहीं हुआ था । कल्लू खा पीकर कब खाट पे निढाल होकर सो गया पता नहीं चला ।

अगले सुबह ही वह रिक्शा निकालकर स्टेशन की ओर चल पड़ा क्योंकि ट्रेन के आने का वक्त हो चला था । क्योंकि इस ट्रेन से काफी मुसाफिर उतरते हैं । स्टेशन जाते ही एक सवारी उसे तुरन्त मिल गई । वह रिक्शा को तेज चलाने लगा । यह तो उसका रोजमर्रा का काम था पर वह अपने काम में मुस्तैदी से जुटा रहता था । आज सुबह अच्छी रौशनी हो गया है । स्टेशन से धर्मशाला का किराया 75 रुपये है । वह खुश था । इसी तरह की और भी सवारी मिल जाए तो 1000 से ऊपर की कमाई हो जाएगी । कल खोली का भाड़ा भी देना है । कई दिनों से लच्छी के पेट में दर्द रहता है उसे भी डॉक्टर से दिखलाना है । वह कल के बारे में सोचने लगा । सवारी को उसने धर्मशाला तक छोड़ दिया था । कल की तरह

आज धूप ज्यादा न हो तो बहुत ही अच्छा रहेगा । रास्ते में रामभरोसी की चायनाश्ते की दूकान भी खुल चुकी थी । घर से बासी मुँह चल पड़ा था । अब उसे चाय पीने की इच्छा हुई तो उसने रामभरोसी की दूकान की ओर मुड़ गया । उसने दूकान के बगल में अपने रिक्शे को खड़ी कर भीतर घुस गया । भीमा उसे वहीं मिल गया । भीमा उसका अपना दोस्त । जब वह नया नया इस शहर में आया था तो किसी को जानता तक न था । हरी काका ने भीमा से उसकी पहचान करवाई थी और कहा था यह कहकर कि यह भी अपने गाँव के बगल में बिलासपुर का रहने वाला है । तब से आजतक भीमा और वह साथ साथ हैं । वह उसे अपना दोस्त मानता आया है । और माने भी क्यों नहीं । उसने हमेशा उसकी मदद की है । उसे अच्छी खोली भी उसी ने दिलवा दी थी ।

क्यों रे कल्लू, कैसा है तू भीमा उठ खड़ा हुआ दोस्त को देखकर ।

एक सवारी धर्मशाला तक छोड़कर आ रहा हूँ सोचा कि चाय पी लूँ कल्लू ने कहा

अच्छा हुआ तुम मुझे यहाँ मिल गए यह कहते हुए कल्लू ने भीमा का हाथ अपने हाथ में ले लिया ।

कल्लू ने दोहराया मैं बिल्कुल ठीक हूँ । घर गृहस्थी भी अच्छी चल रही है । अम्मा बाबु भी गाँव में ठीक से हैं । कल हरी काका ने बताया था ।

और तू अपना बता भीमा कल्लू ने चाय का ऑर्डर देकर पूछा

मैं भी सुबह आज जल्दी निकल आया । चाय पीकर स्टेशन की तरफ जाने ही वाला था भीमा ने कहा

ठीक है चाय पीकर चलते हैं कल्लू ने कहा

चाय फिर उन्होंने साथ-साथ पी ली थी । उन दोनों ने बसपार्क जाकर अलग अलग जगहों के लिए सवारी बिठा लिया ।

कल्लू ने कुछ दिनों यहाँ रहकर गाँव से अपना परिवार बुला लिया था । एकरोज़ कल्लू के परिवार को अचानक पेट दर्द हुआ था तो भीमा ने ही उसे डॉक्टर के पास ले जाकर दिखलाया था । दिल का वह काफी शरीफ था । उन दोनों की दोस्ती अच्छी हो गई थी । कभी कभार वे दोनों ऐसे ही मिल लिया करते थे । परदेस में एक दूसरे के साथ रहना अच्छा लगता

था।

धूप इनदिनों काफी चढ़ा हुआ रहता है। चिलचिलाती धूप में वह रिक्शा चलाता हुआ पसीने से तरबतर हुए माथे को अपने अँगूठे से पोंछा। ऐसे समय में वह रिक्शा चलाना नहीं चाहता है मगर करे भी क्या? ज्यादा से ज्यादा पैसे बचेंगे तभी तो वह घर पैसे भेज सकेगा। उसे अभी और भी मेहनत करना होगा। घर का मरम्मत करना ज़रूरी है नहीं तो बरसात में और मुसीबत हो जाएगी। इन्हीं सब बातों में उलझा वह इधर से उधर सवारी को ले जाने लगा। उसे अब ज़ोरों की भूख लग गई थी। दिन के दो बज रहे थे। उसने खाना भी नहीं खाया था। लच्छी खाना बनाकर हमेशा रामभरोसी की दूकान पर रख जाया करती थी। इस सवारी को पुलिस लाइन तक छोड़कर आने पर वह खाना ज़रूर खा लेगा। उसने सवारी को वहाँ उतार कर खाने के लिए दूकान के भीतर चला गया।

समय इसी तरह बीत रहा था। लच्छी ने कहा था छुटकी को स्कूल भेजो। खोली के कई बच्चे स्कूल जाते हैं। उन्हीं सब के साथ वह चली जाया करेगी। छुटकी ने कहा बापू मुझे जूते ला देना। मैं जूते पहन कर स्कूल जाऊँगी। कल्लू ने उसके लिए नई फ्रॉक और जूते ला दिए थे। अब वह स्कूल जाने लगी थी। बल्लू भी अपने नन्हे पैरों से चलना शुरू कर दिया था। घर जाकर वह हर रोज़ अपने बच्चों के साथ खेला करता था। बच्चों से उसे बहुत प्यार था।

१५ २० रोज़ गुज़र चुके थे। भीमा से उसकी भेंट हुए काफी समय हो चुका था। उसने मंगलवार से पूछा भी तो उसने भी भेंट न होने की बात कही। उसने उसकी खोली में भी पता लगाया था। कहीं घर तो नहीं चला गया उसने सोचा। आज सुबह घर से निकलने में उसे देर हो गई थी। वह स्टेशन न जाकर रामभरोसी के होटल में घुस गया। भीमा उसे बैठा हुआ दिख गया। वह काफी खुश था उसे देखकर। कई दिनों से वह मिला भी तो नहीं।

तू कहाँ था यार वह उसके नजदीक जाकर बोला।

मैं तो यहीं हूँ पर यहाँ नहीं आ पाया भीमा ने कहा

कई दिनों से तू दिखा भी नहीं कहाँ थे इतने दिनों तक कल्लू जैसे अधीर होकर पूछा बता न क्या बात है

तुझसे कुछ मैं छिपाऊँगा नहीं यार तू जानता है मुझे भीमा ने कहना शुरू किया

मैं इनदिनों बिन्नी के यहाँ था। मैं उससे प्यार करने लग गया हूँ और जल्द ही शादी करने वाला हूँ।

क्या कल्लू को अपने कानों पर जैसे विश्वास न हुआ हो उसके हाथों से प्याला छूटने लगा। कल्लू ने उसकी बदले हुए स्वर सुनकर हैरान हो गया। इससे पहले जब वह भीमा से मिला था तो उसे बदला हुआ नहीं लगा था पर आज और बात थी

क्या सचमुच तुम उससे शादी करोगे कल्लू ने पूछा

हाँ यह सही है मैं उससे शादी करने वाला हूँ भीमा ने उसकी तरफ देखकर जवाब दिया

एक मौन उन दोनों के बीच पसर गया था। कुछ देर हो गए

तू जानता है उसे भीमा ने चख कर पूछा

हाँ मैं उसे जानता हूँ कल्लू ने कहा

यार बिन्नी बहुत सुन्दर है, समझदार भी है और तो और उससे मिलकर मुझे काफी खुशी मिलती है।मैंने तो घर में खबर भी भिजवा दिया है भीमा ने एक साँस में कह दिया

पर वह तेरे लायक नहीं है कल्लू ने धीरे से कहा

क्यों क्यों खराबी है उसमें तू बता भीमा कुछ ज्यादा ही उत्तेजित होने लगा

एक हो तो बताऊँ। उसमें बहुत सारी खामी है कल्लू ने थोड़ा ज़ोर देकर बोला

तू जलने लगा है वह सुन्दर है ना इसलिए भीमा आवेश में आ गया था।

नहीं ऐसी कोई बात नहीं है तू गलत सोचता है मैं क्यों जलूँगा उससे। लेकिन मैं जानता हूँ कल्लू ने कहा

तू उससे शादी मत कर कल्लू ने उठते हुए कहा

क्यों न करूँ मैं शादी उससे भीमा ने उसकी बाँह पकड़ ली

जो भी हो बस तू उससे शादी मत कर यह कल्लू और कुछ बोलना चाह रहा था पर वह रुक गया। कल्लू होटल से निकलने ही वाला था। भीमा ने ज़िद पकड़ ली आज उसे बताना ही पड़ेगा भीमा ने उसे घेरते हुए कहा

तू तो ज़िद पे आ गया भीमा। मैं कहना नहीं चाहता हूँ पर ये सच है वह लड़की तेरे लायक नहीं है। उसका पेशा ही यही है। मैंने उसे कई बार दूसरों के साथ देखा है यहाँ तक की वो मेरी भी। ....

कल्लू इतना कहकर तेजी से बाहर की तरफ निकल पड़ा। शायद उसमें और ज्यादा कहने की हिम्मत नहीं थी। अब भीमा जो करे। लेकिन कल्लू को लगा कि आज उसने अपने दोस्त को गिरने से बचा लिया है। कल्लू के सर का बोझ हल्का हो गया हो जैसे। कल्लू ने आजतक शराब को हाथ तक नहीं लगाया पर आज वह एक अद्धा भी ज़रूर पिएगा। कल्लू अपने रिक्शे को निकाल कर वहाँ से जल्दी निकल पड़ा। भीमा अब भी था वहीं खोया हुआ।

6

सच्चा प्रेम

तुम क्या चाहते हो

मैं क्या चाहूँगा

अब क्या मेरा लौटना होगा

फिर साथ रहना भी क्या सही होगा

मैं घर-बार सब कुछ छोड़कर तुम्हारे पास आई हूँ

और मैं यही सब नहीं चाहता था। हाँ, यह सही है कि प्रेम एक समर्पण है मगर प्रेम में त्याग भी तो है।

मैं समर्पित हो चुकी हूँ

और मैं भी मगर सच्चाई से कुछ मुँह मोड़ लूँ बोलो

यह वार्तालाप निधि और सुगम के बीच हो रहा था। निधि और सुगम एक-दूसरे के करीब कॉलेज के दिनों से ही आए थे। कॉलेज में दोनों एक ही बैच में थे। कॉलेज के वार्षिक फंक्शन में दोनों एक-दूसरे के और भी नज़दीक आ गए थे। सुगम कॉलेज का टॉप स्टूडेंट था। लम्बा और हृष्ट-पुष्ट शरीर था उसका। हरदम वह कॉलेज में शांत ही रहा करता था। निधि बचपन से ऐसे आराम में पली बढ़ी थी। आलीशान घर की मालकिन कर्नल साहब की इकलौती लड़की थी। पूरे कस्बे में कर्नल साहब का बड़ा ही नाम था। किसी चीज़ की कोई कमी नहीं थी। निधि भी किसी अक्षुण्ण सौंदर्य से परिपूर्ण कोई देवी की प्रतिमा हो जैसी दिखती थी। पर फिर भी उसे इस बात का रतीभर घमंड नहीं था। कॉलेज में सुगम की बहन भी

पढ़ती थी। उससे निधि की अच्छी दोस्ती थी। निधि कईबार सुगम के घर गई थी। धीरे-धीरे सुगम भी निधि की ओर आकर्षित हो गया था। सुगम की आवाज़ काफी अच्छी थी। उसने कईबार अवार्ड भी जीते थे। उन दोनों ने साथ ही ग्रेजुएशन कंप्लीट किया था। ग्रेजुएशन के बाद सुगम मास्टर्स पढ़ने के लिए तैयारी कर रहा था और साथ ही नौकरी के लिए कोशिश भी कर रहा था। इधर कर्नल साहब निधि की शादी के लिए लड़के ढूँढ रहे थे। माँ ने उसे बताया तो वह बेचैन हो गई थी। उसने सुगम से कईबार बात करनी चाही पर सुगम टाल दे रहा था।

"तुम मुझसे बात क्यों नहीं करते सुगम" वह बोली

"मैं करता तो हूँ"

"तो खुलकर क्यों नहीं करते" निधि उलहना देती

"निधि, तुम्हारी सोच मैं जानता हूँ पर हकीकत मैं कुछ बदल दूँ, तुम तो जानती ही हो कि मेरे घर के हालात अच्छे नहीं हैं अभी मैं बेरोजगार भी हूँ। अच्छी नौकरी के लिए प्रयास तो कर रहा हूँ" सुगम बोला

"मेरा क्या होगा" वह उसकी ओर देखने लगी

"तुम शादी कर लो निधि, यही तुम्हारे लिए उचित होगा" उसने कहा

"पर मैं तो"वह अधीर हो गई

"यह मुमकिन दिखाई नहीं पड़ता है निधि। मेरी नौकरी नहीं है, बहनें अभी कुँवारी बैठी हैं, मैं कुछ इन हालातों में तुम्हें अपना नहीं सकता हूँ बोलो" सुगम का गला अवरुद्ध हो गया था। वे दोनों सड़क के किनारे चल रहे थे। सड़क पर ज़्यादा भीड़भाड़ नहीं था। वे थोड़ी दूर चलने के बाद एक पार्क में आ गए थे। ज्यादातर वे दोनों इसी पार्क में आकर बैठा करते थे।

"तो फिर प्रेम कोई भी न करे" निधि ने मौन तोड़ते हुए पूछा

"मैंने ऐसा नहीं कहा है निधि पर ज्यादातर मामलों में प्रेम अधूरा ही रह जाता है" सुगम उदास होकर बोला

"मन में विश्वास हो तो प्रेम पूर्ण भी हो जाता है" निधि उसकी तरफ़ देखती हुई बोली

"हाँ यह बात होती है निधि मैं इससे इंकार कहाँ करता हूँ मगर फिरभी हमारे बीच एक बड़ा सा दीवार है जो मुझे रोक रहा है" सुगम यह कहते

हुए चुप हो गया था।

सुगम जानता था कि वह निधि को वह सारी सुविधाएँ नहीं दे पाएगा जिसमें रहती हुई वह पली-बढ़ी है। सुगम को अपना भविष्य अंधकारमय दिखाई पड़ता था। घर की जरूरतों को वह कुछ पूरा कर सकेगा। और निधि की शादी की बातचीत शुरू हो गई थी। वह करे तो क्या करे, उसे कुछ भी सूझ नहीं रहा था। वह ट्यूशन पढ़ाकर अपना खर्च निकाल रहा था। वह प्रतियोगिता परीक्षा भी दे रहा था पर सफल नहीं हो पा रहा था। दिन बगुले के पंख लगाकर तेज़ी से बीत रहा था। निधि की शादी के दिन अब गिनती के बाकी रह गए थे सो वह अधीर होकर सुगम के घर आ गई थी। सुगम उस दिन उससे आँख भी मिला नहीं पा रहा था। सुगम के अंदर तूफान ने हलचल मचा दिया था। भाग्य ने जैसे किसी अंधेरे गुफा में धकेल दिया हो जैसे। आँखों से आँसू थम नहीं रहे थे। निधि जा रही थी शायद सुगम उसे अंतिम बार जाते हुए देख रहा था। जिंदगी के इस मोड़ पर आकर वह विचलित हो गया था। निधि की शादी एक बड़े पद पर आसीन एक लड़के से हो रही थी। सुगम को इस बात की तसल्ली थी कि चलो उसे एक योग्य लड़का मिल गया था। दो दिन के बाद उसकी शादी थी।

ट्रेन एक झटके खाकर रुक गया था। अचानक सुगम की नींद भी खुल गई थी। माँ ने कहा भी था इतनी दूर मत जाओ पर उसका मन उचाट हो गया था। यह जगह उसे काटने को जैसा लगने लगा था। मंसूरी के एक अच्छे स्कूल में प्रिंसिपल में ज्वाइन करने जा रहा था।

"माँ मैं मंसूरी जा रहा हूँ" उसने कहा

"वहाँ क्यों बेटा" माँ ने पूछा

"मेरी नौकरी लग गई है वहाँ" ¬उसने कहा

"बहुत दूर है बेटा" माँ उसे कह रही थी

"दूर है तो क्या हुआ पर वहाँ सुकून मिलेगा मुझे" सुगम ने कहा।

माँ ने उससे ज़िरह करना उचित नहीं समझा। वह जानती थी कि सुगम निधि को पसंद करता था और कल उसकी शादी हो रही है।

"माँ मैं खत भेजा करूँगा और कुछ महीने बिताकर छुट्टी में आऊँगा ही पर मुझे यहाँ न रोको" कहते हुए वह अपने साथ कुछ कपड़े वगैरह

रख लिए थे। पहाड़ों पर बसा हुआ वास्तव में मंसूरी काफी अच्छा था। स्कूल से जब भी उसे फुर्सत मिलता वह घूमने निकल पड़ता था। स्कूल में प्रिंसिपल तो था ही पर इंग्लिश की क्लास वह खुद लेता था। सुगम शुरू से ही मेधावी छात्र तो था ही और यहाँ उसे पढ़ाने में भी कोई दिक्कत नहीं होती थी। सभी कोई उसके प्रतिभा के कायल थे। ऐसे ही वक्त बीत रहा था। घर पर भी वह गर्मी के छुट्टी में जाया करता था। बहनों की शादी भी अच्छे घर में हो चुकी थी। छोटा भाई नौकरी के कारण बाहर रहने लग गया था तो उसने माँ पिताजी को भी अपने साथ बुला लिया था। मंसूरी आए हुए उसे लगभग ६ वर्ष हो चुके थे। धीरे-धीरे वहाँ अभ्यस्त हो चुका था। इसी बीच माँ कभी-कभी उसे शादी करने में लिए कहती भी थी तो वह आनाकानी कर देता था। उम्र भी निकलती जा रही थी। चालीस का हो रहा था माँ को हमेशा वह कुछ न कुछ कह कर चुप करा देता था।

सुगम ने अंदर ही अंदर निधि की कमी हमेशा महसूस किया था हालांकि वह अपने कामों में ही व्यस्त रहा करता था पर फिरभी उसे भूला नहीं था। आज बोर्ड ऑफ डायरेक्टर्स की मीटिंग के लिए कुछ पेपर तैयार करने थे तो वह अभी इस वक्त कुछ फाइलें देख रहा था। तभी चपरासी ने लाकर एक चिट्ठी दिया जिस पर एन० सिंह लिखा हुआ था। आज स्कूल के लिए साइंस टीचर का भी इंटरव्यू लिया जाना था सो उसकी भी तैयारी हो रही थी। "ठीक है, भेज दो" उसने चपरासी को कहा। भीतर वह आ चुकी थी उसके साथ एक ५ या ६ वर्ष की उम्र का एक बच्चा भी था। सुगम ने सिर उठाकर देखा तो मानों उसके मुँह से चीख़ निकलते-निकलते बची। उसके सामने निधि खड़ी थी। उसने सोचा भी नहीं था कि वह कभी उसके सामने भी होगी। उसने सामने लगे सोफ़े पर बैठने को कहा। इसी बीच उसने अपने आपको संयमित कर लिया था। वह उसे पहचान नहीं सकी थी क्योंकि सुगम ने दाढ़ी भी पाल रखी थी और उसने चश्मा भी पहन रखा था। सुगम को समझ नहीं आया कि बात वह कैसे शुरू करे। निधि बिलकुल सादी लिबास में थी। उसके माथे पर एक छोटा सा बिंदी लगा हुआ था पर वह बहुत कमज़ोर दिखाई पड़ रही थी।

सुगम को यह समझते हुए देर न लगी कि उसके साथ कुछ अप्रिय हुआ है पर पूछना उसे अच्छा न लगा। अपने अंदर के तूफान के आवेग

को शांत कर लिया था।

"मुझे पहचाना" उसने पूछा

निधि ने अपनी आँखें नीचे की हुई थी वह सिर उठाकर उसकी तरफ़ देखा कुछ पल तक देखने के बाद बोली शायद आपका चेहरा जाना पहचाना लग रहा है

सुगम अधीर हो उठा "हाँ बोलो निधि"

अपना नाम सुनते ही वह भी घूरने लगी उसने फिर गौर से देखा तो वह बोली तुम सुगम हो

"हाँ निधि मैं सुगम ही हूँ, शुक्र है तुमने मुझे पहचान लिया।

निधि की आँखें भींग गई वह रोने लगी

सुगम कहने लगा मेरे सामने तुम इस तरह आ जाओगी मुझे बिल्कुल भी एहसास नहीं था निधि तुम और ऐसे।

"और मैं क्या करती तक़दीर ने मेरे साथ बड़ा ही खिलवाड़ किया" निधि बोल रही थी

"तुम्हारा पति तो अफसर था और उच्च ओहदे पर भी था तुम्हें क्या ज़रूरत हुई" सुगम ने पूछा

"क्या कहूँ सुगम, उसने मुझे कहीं का भी नहीं छोड़ा, शादी के कुछ ही महीने के बाद वह अपने असली चरित्र पर आ गया। वह दोहरे चरित्र का व्यक्ति था वह किसी और का था। मैंने दो साल उसके साथ बड़ी मुश्किल से बिताए। मुझे प्रताड़ना देकर घर से बेघर कर दिया और मुझे अपने और बच्चे के परवरिश के लिए कुछ न कुछ कदम उठाना ही था" यह कहते हुए निधि अपने बच्चे के तरफ़ देखने लगी

"मुझे तुम्हारी ऐसी हालत देखकर काफी ठेस पहुँचा है" सुगम भी उद्‌विग्न हो गया

"यह सब मेरे नसीब में था मुझे क्या मालूम कि तक़दीर में मेरे साथ यह होने वाला है" वह कह रही थी कई बार उसका मन हुआ कि अपनी जिंदगी खत्म कर ले मगर इसके चेहरे को देखते हुए यह भी न कर सकी

"हाँ यह सही ही किया तुमने निधि" सुगम ने कहा

"तुम्हारे भाई और पिताजी वे कहाँ हैं" उसने फिर पूछा

"भाई विदेश में है माँ पिताजी भी वहीं रहते हैं" निधि ने कहा

"खैर दिल छोटा न करो जो भी हुआ वह दुर्भाग्यपूर्ण था। अब सब ठीक होगा" यह कहते हुए वह उठने लगा तो निधि भी उठने को हुई तो सुगम ने उसे बैठने को कहा "मैं तुम्हारे इंटरव्यू की व्यवस्था करता हूँ" कहते हुए वह रूम से बाहर निकल गया।

साइंस टीचर के लिए दो पद की आवश्यकता थी जिसके लिए पत्रिका में विज्ञापन किया गया था और निधि उसी के लिए आई थी। सुगम उसके लिए इंटरव्यू की सारी व्यवस्था कराकर वापस आया।

"एक घंटे में इंटरव्यू शुरू हो जाएगी चलो कैंटीन चलते हैं" सुगम ने निधि से कहा तो वह चलने को उठ खड़ी हुई। स्टाफ कैंटीन में जाकर उन दोनों को खिलाने तक वह वहीं बैठा रहा।

"यहाँ पर बाहर की भी लेडीज टीचर हैं जो इसी क्वार्टर में रहती हैं वही तुम्हारे रहने की व्यवस्था कर देगी" सुगम ने कहा

"मैं बाहर व्यवस्था कर लूँगी" निधि ने कहा

"बाहर क्यों रहोगी यहाँ तुम्हें किसी भी चीज़ की दिक्कत नहीं होगी" सुगम ने ज़ोर देकर कहा

"ठीक है जैसा तुम चाहो" निधि बोली

"तुम कहाँ रहते हो" फिर निधि ने पूछा

"मैं तो बाहर रहता हूँ माँ पिताजी भी साथ में ही हूँ" सुगम ने कहा

"और तुम्हारे भाई बहन वे सब कहाँ हैं" निधि ने पूछा

"अनिल तो दिल्ली में रहता है और बहनों की शादी भी हो चुकी है" उसने कहा

"और तुम्हारा परिवार और बच्चे कितने हैं" निधि ने पूछा

"मैंने शादी नहीं की" सुगम ने कहा

"क्यों नहीं की सुगम" निधि ने पूछा

"ऐसे ही मन नहीं किया" कहते हुए वह चुप हो गया था। एक सन्नाटा फैल गया था। निधि ने सुगम के भीतर छुपे हुए प्रेम की गहराई को अपने अंदर भी महसूस किया। फिर बातचीत ज़्यादा नहीं हो पाई। कैंटीन से बाहर वे दोनों चुपचाप बाहर आ गए।

कुछ देर के बाद निधि का इंटरव्यू भी हो गया तो इधर सुगम ने उसके लिए रहने की सारी व्यवस्था करवा दी थी। सुगम ने निधि को क्वार्टर में

ले जाकर खुद ही वहाँ की सारी व्यवस्था को दिखाया।

"ठीक है निधि तुम रह लोगी" सुगम ने पूछा

"हाँ बहुत अच्छा है" निधि बोली

इसी बीच चपरासी ने निधि का बैग ला दिया था।

"अब तुम आराम करो तुम थक भी गई होगी कल से क्लास करना अब मुझे भी जाना होगा" कहते हुए उसने निधि के बच्चे को दुलारने लगा

"सुगम तुम्हारा बहुत बहुत धन्यवाद" वह कहने लगी

"यह कहकर मुझे शर्मिंदा न करो निधि" सुगम ने कहा

सुगम वापस चला गया था। आज सुगम अंदर से बहुत खुश दिखाई पड़ रहा था जिसे वह एक सपना समझ कर भूल गया था वह आज फिर उसके सामने एक यथार्थ के रूप में खड़ा था। सुगम ने हमेशा निधि की भलाई ही चाही थी मगर भाग्य ने उसके साथ अन्याय किया था। उसने अपने मन को समझाया कि निधि धीरे-धीरे संभल ही जाएगी। यहाँ उसका मन भी लग जाएगा। अब वह हमेशा उसके अच्छे के बारे में सोचने लगा। जैसे उसका यह खालीपन दूर हो जाए वह हमेशा कोशिश करने लगा। दिन बीतने लगे थे। कभी-कभी वे दोनों छुट्टी होने पर बाहर और फिर अन्य जगहों पर भी घूमने निकल जाते थे। निधि का बेटा भी सुगम से घनिष्ठ हो गया था। एक महीना लगभग बीत गए थे। आज सुगम माँ से मिलवाने निधि को ले गया था। सुगम का घर बड़ा था। ३-४ कमरे का बड़ा ही सुंदर घर था। अंदर माँ अकेली थी और पिताजी घूमने निकले हुए थे।

"माँ देखो कौन आया है" सुगम ने निधि की ओर इशारा करते हुए माँ से पूछा

माँ अंदर से बाहर निकल आई थी। माँ ने चश्मे से उसके करीब आकर देखकर बोली "यह तो शायद निधि है, है न"

तभी निधि ने माँ के पैर छू लिए थे।

"हाँ यह निधि ही है माँ" सुगम ने कहा। माँ को बहुत आश्चर्य हुआ था उसे देखकर। माँ ने प्यार से निधि और उसके बच्चे को पास लाकर बिठाला दिया था। माँ को उसकी बातों से पता चल गया कि उसके साथ कुछ अच्छा नहीं हुआ है तो माँ ने काफी दुख जाहिर की। थोड़ी देर माँ ने

सभी को नाश्ता खिलाया। माँ आज सुगम के चेहरे को पढ़ रही थी कि और दिनों की अपेक्षा वह खुश दिखाई पड़ रहा था। वहाँ करीब २ घंटे बिताने के बाद निधि ने जाने की इजाजत माँगी तो माँ ने उसे आते रहना "यह तुम्हारा घर है निधि"

"हाँ माँ मैं ज़रूर आऊँगी" कहते हुए वह घर के बाहर आ गई थी। सुगम निधि को बहुत दूर तक छोड़कर आ गया। सुगम जब घर लौटा तो माँ उसी का इंतजार कर रही थी। पिताजी को भी माँ ने बतला दिया था। सुगम जब अपने कमरे में आया तो माँ भी पीछे-पीछे आ गई थी।

"बेटा भाग्य ने निधि को यहाँ भेज दिया है उसे सहारे की भी ज़रूरत है, मैं जानती हूँ कि एक स्त्री के लिए अकेले रहना कितना मुश्किल है क्या तुम दोनों फिर एक हो सकते हो तो उसे अपना लो" माँ ने कहा था

सुगम ने माँ को उस समय कुछ भी जवाब नहीं दिया पर माँ का यह प्रस्ताव उसे एक बार सोचने पर विवश ज़रूर कर दिया था।

पर वह इस विषय में निधि से कुछ कहेगा उसे समझ नहीं आया और वह फिर अन्यथा न सोच ले। कुछ दिन फिर ऐसे ही बीत गए। एक दिन जब छुट्टी का दिन था तो सुगम ने निधि से बाहर चलने को कहा तो वह भी तैयार हो गई। साथ में निधि का बेटा भी था। पार्क के भीतर बने हुए झील के पार बेंच पर बैठ गए थे। निधि का बेटा अतुल पार्क में बने हुए झूले में अन्य बच्चों के साथ खेलने लगा।

कुछ देर तक मौन रहने के बाद सुगम ने पूछा कई दिनों से एक बात कहना चाहता हूँ" सुगम ने कहा

"कहो न फिर" निधि उसकी ओर देखकर बोली

"पर कुछ कहूँ समझ में नहीं आ रहा है" सुगम असमंजस में था

"बोलो न सुगम" निधि ने फिर कहा

"कही तुम्हें बुरा न लगे" सुगम ने नज़रें बचाकर बोला

"मैं जानती हूँ कि सुगम कि तुम ऐसा कुछ भी न कहोगे जो मेरे हित में न होगा" वह बोली

"तो तुम मेरी बात मानोगी" सुगम ने कहा

"हाँ कहो तो" वह उत्सुक हो उठी

"मैं तुम्हें अपनाना चाहता हूँ" सुगम ने कहा

एक क्षण तो वह मौन हो गई फिर निधि ने कहा पर यह संभव होगा सुगम, लोग क्या सोचेंगे

"कौन से लोग और लोग यह क्यों सोचेंगे, निधि यह तुम्हारा और मेरा फैसला होगा" कहते हुए सुगम ने निधि का हाथ थाम लिया था

"सुगम मैं क्या कहूँ" वह बोली

"निधि जो भी तुम्हारे साथ हुआ वह गलत हुआ, भाग्य ने हमें फिर से मिलाया है तो मैं चाहता हूँ कि अब तुम अकेली न रहो, तुम अपनी स्वीकृति दे दो मुझे निधि" सुगम घुटने के बल बैठ गया था।

"मैं तुम्हारे काबिल नहीं हूँ" निधि ने उठते हुए बोली

"मैं ऐसा नहीं सोचता, निधि मैंने तुमसे प्रेम किया है और प्रेम अमूल्य होता है, अगर कोई सच्चे दिल से चाहे तो, और मैं अब भी तुम्हें चाहता हूँ" सुगम ने हाथ निधि की ओर बढ़ा दिया था

निधि के मुँह से एक शब्द भी नहीं निकला। उसने हसरत भरी नज़रों से सुगम को देखा। सुगम की आँखों में प्रेम के मोती छलकने को थे। जिसे देख बराबर निधि की आँखों में भी खुशी के मोती छलकने लगे थे। निधि ने अब एक शब्द भी बिना कहे अपना सिर सुगम के कंधे पर डाल दिया जैसे एक बड़ा सहारा मिल गया हो। दूर कहीं मंदिर की घंटी बज रही थी।

7

मैं अल्बर्ट हूँ

शायद अब थोड़ी ही देर में बारिश भी शुरू सकती थी क्योंकि हवाएं बहुत तेज़ बहने लगी थीं और मैं लुसियाना के रास्ते कोडेफ को जा रहा था। मैंने अपनी बाइक की स्पीड भी बढ़ा रखी थी, कहीं बारिश हो तो मैं तो बिल्कुल भी भीग ही जाऊंगा। रेनकोट मैं घर में ही भूल आया था। मैं करीब 5 किलोमीटर चला आया था। अब कोडेफ ज़्यादा दूर नहीं था। 3 किलोमीटर मुझे और जाना था। आज मेरे दोस्त विक्टर का मैरिज एनिवर्सरी जो था। और मुझे वह कई बार कॉल भी कर चुका था। कभी-कभार बिजलियां भी कड़कने लगी थीं। वैसे तो मैंने अपने लेदर जैकेट को अच्छी तरह से पहना ही था, फिर भी ठंडी हवाएं मुझे चुभ-सी रही थीं। पर अचानक मेरी नज़र सड़क के किनारे एक बेंच पर एक बैठे हुए आदमी को देखा। उसने अपने चेहरे को लगभग पूरी तरह से ढके हुए था। मुझे काफी आश्चर्य हुआ कि वह क्यों इत्मीनान से इस तरह बेपरवाह बैठा हुआ था जबकि बारिश की हल्की बूंदें भी पड़नी शुरू हो चुकी थीं। या वह शायद किसी का इंतज़ार कर रहा हो। क्या पता.. मैंने अपनी बाइक नहीं रोकी क्योंकि मुझे भी तो विक्टर के घर पहुँचने की जल्दी थी। मैं विक्टर के घर कोडेफ में 10 मिनट के बाद पहुँच गया तो देखा मैरिज एनिवर्सरी फंक्शन में उसने कई सारे गेस्ट को बुला रखे थे।

मेरे भीतर घुसते ही विक्टर ने सवालों की झड़ी ही लगा दी। तुम्हें पहले आना था, इतनी लेट क्यों की, आदि। मैंने उसे बताया कि माँ घर

अकेली हैं और रोज़ी भी अपने बड़े भाई के घर गई थी।

फंक्शन बहुत ज़्यादा ही लम्बा चला। उसके बहुत सारे गेस्ट अभी भी आने बाक़ी ही थे। विक्टर की वाइफ ने मुझे वेलकम किया। वह जानती है कि विक्टर का मैं बचपन का ही दोस्त हूँ और हम दोनों के बीच की दोस्ती काफी गहरी है। करीब आधे घंटे के बाद ही फंक्शन शुरू हुआ। मैंने उन दोनों के लिए लाए गिफ्ट उन्हें दे दिया। मैं डिनर कर जल्दी ही जाने को बेताब था। विक्टर और उसकी वाइफ ने मुझे रोकने की कोशिश की, "आज रात यहीं रुक जाओ, रात काफी हो चुकी है और ऐसे में इतनी दूर जाना ठीक नहीं है और बारिश भी हो ही रही है।"

मैंने कहा, "तुम जानते हो कि माँ को मैं घर अकेला ही तो छोड़ा था और रोज़ी घर पर नहीं थी।"

विक्टर ने कहा, "सो तो है ड्यूक, पर..."

मैंने विक्टर से कहा, "फिर दूसरे दिन मैं ज़रूर ही आऊंगा अभी मुझे जाने दो।"

यह कहते हुए मैं लौटने लगा तो विक्टर ने मुझे रेनकोट लाकर दी, जिसकी मुझे ज़रूरत तो थी ही।

बारिश हो रही थी। ज़्यादा तेज़ तो नहीं पर थोड़ी-थोड़ी हो ही रही थी। सड़कें सुनसान हो चुकी थीं। पर उसके लिए कोई नई बात नहीं थी, वह आए दिन इन सड़कों पर से आया-जाया करता है बरसों से। हाँ, थोड़ी बारिश के कारण मैं घर जल्दी जाना चाह रहा था। इस समय सिर्फ गाड़ियों के आवाजाही हो रही थी। रात के 12 के आसपास हो रहे थे और मैं बाइक को स्पीड के साथ जा रहा था। मैं आधे घंटे में घर पहुँच ही जाऊंगा। आते समय जिस बेंच पर एक आदमी को बैठे देखा था वह अब भी वहीं बैठा हुआ था। वह भी इतनी रात में जबकि बारिश हल्की ज़रूर हुई थी पर बूंदाबांदी तो हो ही रही थी। वह इतना बेफिक्र क्यों है। क्या उसे लिफ्ट चाहिए था और कोई किसी ने उसे लिफ्ट न दिया हो। और अब तक मैं उसके करीब आ गया था। मैंने बाइक एक थोड़ी दूर पर रोक दी, शायद यह मेरा मन कह रहा था कि उसे ज़रूर मदद करनी चाहिए। सड़क के किनारे ठीक बेंच के ही साइड में एक लैम्पपोस्ट था जो जल रहा था। मैंने देखा वह कोई 90 साल के आसपास का कोई बूढ़ा आदमी था।

उसने अपने चेहरे पर एक चश्मा लगा रखा था। पर गहरे और काले घेरे आँखों के मुझे स्पष्ट दिख रहे थे जैसे वह बरसों से उसकी आँखों की नींद रूठ गई हो जैसे। उसकी दाढ़ी बहुत बढ़ी हुई, मगर उलझी और घनी थी। उसने शरीर पर लौंग कोट पहना हुआ था पर वह बहुत ही पुराना फटा सा दिख रहा था। पर सूरत से वह बहुत ही मुझे आकर्षक लगा था। मैंने एक बात नोटिस किया कि जबकि बारिश हो ही रही थी तो उसका शरीर भीगा हुआ नहीं था। बिल्कुल भी सूखा सा दिख रहा था। हवाएं शांत हो चुकी थीं मगर उसके सर के बाल खड़े और फड़फड़ा रहे थे। मैं उसके एकदम करीब था।

मैंने उस बूढ़े आदमी से पूछा, "क्या तुम्हें लिफ्ट चाहिए और क्या तुम्हें घर पहुँचने में मेरी ज़रूरत है तो बोलो।"

उसने कोई प्रतिक्रिया नहीं दी। वह तो शायद कहीं और देख रहा था। उसके होंठ हिल तो रहे थे पर क्या बोल रहा था मुझे पता नहीं। और मैंने इस बात पर ध्यान भी नहीं दिया।

मैंने उससे दुबारा लेकिन थोड़ी ऊंची आवाज़ में पूछा, "तुम कौन हो और यहां क्या कर रहे हो इस बरसात में।"

अबकी उसने मेरी ओर अपनी नज़रें घुमाईं। उसकी आँखें बिल्कुल नीली और चमकीली थीं। लगा जैसे वह बल्ब की तरह जल-बुझ रहा हो जैसे।

"मैं अल्बर्ट हूँ..." उसने कहा।

उसकी आवाज़ बहुत ही रोबदार जैसी लगी, वह भी जैसे किसी ने दूर से बोला हो जैसे। 'अल्बर्ट, अल्बर्ट' बार-बार गूंज-सा रहा था।

मैंने कहा, "मैं अपने घर लुसियाना को जा रहा हूँ। क्या तुम वहीं रहते हो तो मेरे साथ चलोगे।"

उसने सर हिलाकर अपनी सहमति जताई थी और मुझे भी तो वहीं जाना ही था।

"तो आओ चलते हैं।" मैंने उसे साथ चलने का इशारा किया तो वह उठ खड़ा हुआ था। हवाओं का एक ज़ोर सा बवंडर मेरे इर्द-गिर्द जमा हो गया जैसे। वह मेरे पीछे ही आ रहा था। वास्तव में वह अच्छी कायाकाठी वाला और बहुत ही सुन्दर एक बूढ़ा आदमी था। उसकी कमर बिल्कुल

भी झुकी नहीं थी।

वह मेरी बाइक पर पीछे बैठ गया। सच कहूँ तो मुझे उसके बाइक पर बैठने का कोई एहसास भी नहीं हुआ। मैंने अपनी बाइक घर जाने के रास्ते में मोड़ दी। रात के लगभग 11 बज रहे थे। माँ मेरा इंतज़ार कर रही होंगी। यह उसकी आदत भी रही है, मैं कहीं भी जाऊं तो वह मेरे आने का बिना इंतज़ार किए बिना नहीं खाती। मैंने कई दफ़े कहा भी है कि समय पर वह खाना खा लिया करें। पर वह मानती ही नहीं। मैं जल्दी ही घर पहुँच गया था। घर के बाहर मैंने अपनी बाइक खड़ी की और घर का दरवाज़ा मैंने खोला क्योंकि माँ अभी व्हीलचेयर पर हैं तो उनसे खुलता ही नहीं और रोज़ी भी तो अपने भाई के घर को गई हुई है। शिष्टाचारवश पूछा, "चलो घर, एक कप गर्म कॉफी पी ही सकते हो।"

मैंने उसे भीतर आने का इशारा किया, वह पहले तो ठिठका, मेरे दुबारा कहने पर वह भीतर आ गया। बारिश अब पूरी तरह से रुक चुकी थी। हाँ, हवाएं बह रही थीं। मैंने रेनकोट बाहर ही रख दिया। मैंने उसे हॉल में लगे सोफ़ा पर बैठने को कहकर कॉफी बनाने चला गया। 5-7 मिनट में मैं कॉफी बनाकर लाया और एक कप उस आदमी को पकड़ा दिया। मैंने अभी कॉफी पी भी नहीं थी मगर उसने एक-दो सिप में ही ख़त्म कर दिया था। कॉफी पीते समय मैंने उससे कुछ और पूछना मुनासिब नहीं समझा। वह उठा खड़ा था। तभी माँ की आवाज़ भीतर से व्हीलचेयर खिसकाते हुए आते हुए बोल रही थी, "...कोई है क्या, ड्यूक?"

उस बूढ़े आदमी ने माँ को देखा था तो उसकी आँखें एक क्षण के लिए अटक गई हों जैसे, उसके गले से एक चीत्कार-सी निकली। मैंने यह महसूस किया था।

मैंने उससे पूछा, "चलो मैं तुम्हारे जगह को छोड़ देता हूँ, क्या वह यहीं पास में है क्या?"

वह शायद किसी तंद्रा से लौटा। "हाँ, यहीं है पास में ही। मैं चला जाऊंगा।" वह बिना एक क्षण लगाए बाहर निकल गया। मैं उसे लौटते हुए देख रहा था। उसके पैर जैसे ज़मीन पर पड़ ही नहीं रहे थे या उसे लौटने की जल्दी थी। कुछ ही पलों में वह आँखों से ओझल हो चुका था। मैंने भीतर आकर मेन गेट का दरवाज़ा लॉक कर दिया।

माँ ने फिर दोहराया, "...कौन था, बेटा?"

मैंने माँ को पूरी बात बता दी।

माँ के लिए मैंने खाना डाइनिंग टेबल पर रख दिया था मगर माँ ने उसे खाया भी नहीं था।

माँ को मैंने कहा, "तुम बैठो माँ, मैं फिर खाना गर्म कर देता हूँ।" पर माँ ने इंकार कर दिया। माँ अपने कमरे में चली गईं और मैं भी अपने कमरे में आ गया था। मुझे काफी ज़ोरो से नींद आ रही थी, बिस्तर पर आते कब निढाल होकर सो गया कि पता ही नहीं चला।

आज सुबह धूप अच्छी खिली है। और मुझे फ़ाइडेल जाना था मार्केटिंग के काम से। रोज़ी दोपहर को आ जाएगी। डोरिना खाना बना रही थी। मैंने माँ को कह दिया कि "मैं शाम को लौटूंगा, तुम खाना खा लेना कहकर मैं निकल गया था। डोरिना घर का काम करने के अलावा माँ का भी ख़्याल अच्छे से रखती है। रोज़ी भी दोपहर को आ ही जाएगी। मैं अपने काम में मशगूल हो गया। कभी इधर और कभी उधर, भाग-दौड़ वाली ज़िंदगी। यह तो मेरा रोज़ का काम था। दिन फिर से बीतने लगा। इसी बीच मेरा ट्रांसफर का लेटर भी आ गया। मैंने कई बार कोशिश की कि यहीं रह जाऊं पर कंपनी ने मेरी नहीं सुनी। और मेरा ट्रांसफर पिट्सबर्ग हो गया था। अब तो वहाँ जाना ही था।

पिट्सबर्ग मेरे लिए नई जगह नहीं थी। कई बार आ भी चुका था। हाँ, डोना के कारण हम चिंतित थे क्योंकि उसे फिर नए स्कूल में एडमिशन लेना पड़ेगा। सेशन अभी शुरू ही हुआ था। अभी तो वह फ़िफ़्थ में है। सबसे पहले मैंने उसके एडमिशन के लिए कई स्कूल के चक्कर लगाए। आख़िरकार हमें सेंट मिडास स्कूल में करवाना पड़ा। यह मैं नहीं चाहता था क्योंकि यह काफी दूर था हमारे घर से। पर अब क्या किया जा सकता था। सो उसका एडमिशन वहीं करवा दिया। और स्कूल जाने के लिए बस उपलब्ध था ही। हाँ, रोज़ी को नौकरी नहीं मिली थी हालांकि वह कोशिश कर रही थी।

ज़िंदगी एक पटरी पर बेतहाशा दौड़ने लगी थी। कभी-कभार हम वीकेंड पर घूमने को जाते थे। माँ का व्हीलचेयर भी कब का छूट गया था, अब वह खुद से भी धीरे-धीरे चल रही थीं। लेकिन हम सभी एक समय से

बंधे होते हैं जो नियति चाहती है। माँ का साया हम पर से जल्दी ही उठ गया, हम इसे भुला नहीं पा रहे थे। अचानक उनका साया हमसे बिछड़ गया। नियति को शायद यही मंज़ूर था। इधर डोना ने अपने फ़िफ़्थ के एग्ज़ाम में टॉप किया था और उसने फ़ुल स्कॉलरशिप प्राप्त कर ली थी। समर की छुट्टी होने वाली थी तो हम घूमने का प्लान नहीं कर घर लुसियाना को जा रहे थे। शायद पूरे एक वर्ष के बाद। 15 दिन की छुट्टी थी तो मैंने डोरिना को घर पर बुला लिया। रास्ते में ही उसका घर था तो आते वक़्त ही उसे कह दिया था।

और हम घर की सफ़ाई करने में जुट गए। घर तो बंद पड़ा था पर फिर भी धूल की परत जम गई थी। मैंने और रोज़ी ने मिलकर हर रूम को बारी-बारी से साफ़ कर दिया था।

बहुत दिनों से विक्टर से बात नहीं हो पाई थी। वह अब कोडेफ नहीं रहता है। उसकी पोस्टिंग भी पिट्सबर्ग हो रही थी। यह अच्छा रहेगा, हम दोनों फिर एक साथ रहने वाले थे। मैंने आज उससे खाने पर इनवाइट किया था। बहुत दिन भी हो गए थे। डोरिना एक अच्छी कुक रही है। उससे मैंने डिनर में क्या-क्या बनाना ठीक रहेगा उसे बतला दिया था। वह तैयार थी। अभी मुझे माँ के कमरे की सफ़ाई करनी थी तो मैं उसे करने लगा। उनकी अलमारी को हमें खोलने की मनाही थी। पापा ने भी कभी माँ की अलमारी को हाथ नहीं लगाया, वह माँ का बहुत मान रखते थे। अलमारी में माँ के सहेज कर रखे गए एक-से-एक ड्रेसेस पड़े हुए थे। माँ अपने ज़माने की एक एक्ट्रेस थीं और उन्होंने कई सारे अवार्ड जीते थे, वह सब तो हॉल में था ही, पर बहुत सारे इसमें भी उनके ड्रेसेस और कई गिफ्ट रखे हुए थे। अलमारी के भीतर एक दराज था जब मैंने उसे खोला तो उसमें मैंने एक एल्बम देखी जो ख़ास उन्होंने इसे कपड़े में लपेटकर रखा हुआ था। मेरी कौतूहल बढ़ गई कि ऐसी क्या ख़ास बात है कि माँ ने इसे लपेटकर रखा हुआ है। मैंने इसे खोला तो उसमें से कई फ़ोटो एक साथ भरभरा कर नीचे बिखर गए। मैंने उन्हें समेटना शुरू किया। मैं उन तस्वीरों को ध्यान से देखना शुरू किया तो माँ के पिक्चर में एक दूसरे आदमी के साथ देखा। मैंने पहचानने की कोशिश की और ध्यान से देखा तो मुझे काफी आश्चर्य हुआ। क्योंकि उनके साथ हर पिक्चर में वह बूढ़ा

आदमी का चेहरा नज़र आया। हूबहू उसी का चेहरा मिल रहा था। हाँ, मगर उसमें वह बहुत ही हैंडसम नौजवान था।,

पर दाढ़ी नहीं थी। चेहरा दरअसल मिल रहा था, वह मैं कैसे भूल सकता हूँ। और हर तस्वीर के नीचे माँ ने अपने हैंडराइटिंग में लिखा था 'मेरे प्यारे अल्बर्ट'। मैं चौंक गया था। हाँ, वही तो नाम था उस बूढ़े आदमी का, जो मुझे पिछले साल मिला था। मैं कैसे भूल सकता हूँ। मुझे एक तस्वीर मिली जिसने मुझे और हैरत में डाल दिया, जिसमें वह बूढ़ा आदमी अपने वही रंग-रूप और लिबास में मिला था और माँ ने अपने हाथों से लिखा हुआ था, 'मेरे प्यारे अल्बर्ट'। सभी फ़ोटो देखकर मैं सकते में था। तो क्या वह आदमी माँ का प्रेमी था... या... मैं हैरत में था और एक आवाज़ गूंज रही थी मेरे कानों में, "मैं अल्बर्ट हूँ, अल्बर्ट

8

लौट आओ

"सुनते हो जी" बुढ़िया ने घर में घुसते ही आवाज लगाई।

"क्या है..." रामभरोसे अभी बिस्तर से उठने को ही था।

"बारिश होने वाली है, बाहर से बाजरा भीतर कर लो" उसने कहा।

रामभरोसे बाहर निकलकर ऊपर देखा तो सचमुच घनघोर घटा छाया हुआ था हवाएं तेज उठ गई थी। वह जल्दी से आंगन में पसरे हुए बाजरे को बोरी में भरने लगा था। ज्यादा तो नहीं थे दो पसेरी के लगभग होंगे। खाने को गेहूं खत्म हो गए तो उसने गांव के महाजन को कहा था गेहूं देने को कि वह पैसे मिलने पर चुका देगा मगर उसके पास भी गेहूं बचे नहीं थे तो वह करे भी क्या। बाजरे को पिसवाकर ही काम चला लेगा। रोटी न खाओ तो कुछ खाया हुआ लगता ही नहीं। घर में दो ही जने तो थे गिनने को। तभी मीठ्ठू ने टर-टर बोलना शुरू कर दिया था, शायद उसे भूख लग गई थी। झोपड़ी के बाहर बांस के बल्ले में लटका रहता था मिट्ठू। रामभरोसे ने उसे भीतर लाकर एक कोने में रख दिया था। फुलाया हुआ चना उसके कटोरी में भर दिया उसने। एक कमरे की थोड़ी सी बड़ी झोपड़ी थी। बाहर बारिश की बूंदें पड़ने लगी थी। झोपड़ी के एक कोने में से पानी रिसते हुए बूंद बनकर टपकने लगी तो बुढ़िया ने मिट्टी के बर्तन लाकर उस जगह पर रख दिया। फिर बुढ़िया चारपाई के पास चटाई को खिसका कर बैठ गई। दोनों बाहर की तरफ देख रहे थे। इस बार झोपड़ी के ऊपर खर भी नहीं डाला था। खर का बोझ भी कितना महंगा हो गया है 100

रूपये की एक बोझ मिल रहा है और फिर कम से कम 10-15 बोझे तो लगेंगे ही। ईंट भट्ठे में कई रोज से काम पर भी नहीं गया है क्योंकि काम अभी बंद है। और अभी पिछला मजदूरी भी उसे नहीं मिला है। वह दो तीन रोज तो बाजरे की फसल को काटने में लगा था एक दो महीने वह बाजरे को पिसवाकर ही काम चला लेगा। जेठ आधे बीत चुके हैं तो बरसात अब शुरू होगा तो ऐसे में वह करे भी क्या उसे समझ नहीं आ रहा था। पानी टप टप कर उन दोनों के बीच पसरा हुआ मौन भंग कर रहा था।

तभी बुढ़िया बोल उठी "कब से कह रही हूं, अब तो बारिश की शुरुआत भी हो जाएगी ऊपर खर चढ़वा लो पर तुम सुनते कहां हो।"

"बोझे की कीमत बहुत बढ़ गई है, यहां से खरीदूं तो भाव एक हजार से बारह सौ की आएगी अपने पास उतने पैसे है क्या, नदी पार सरेह में खर कटने वाला है वही से ला दूंगा" रामभरोसे ने कहा।

"थोड़े और पैसे जुगाड़ कर लो तो हो जाएगा" बुढ़िया ने कहा।

"हां वही सोच रहा हूं" रामभरोसे ने उत्तर दिया।

ईंट भट्ठे के बाकी पैसे से उसका कुछ हद तक गरज चल जाएगा। वह फिर कमाने बाहर जा भी तो नहीं सकता। बुढ़िया कमजोर भी है और अकेले कैसे रहेगी। हवाएं काफी तेज बहने लगी थी। बारिश की मोटी बूंदे झोपड़ी पर से रिसते हुए जो नीचे गिर रहे थे एक बुगले से बनते हुए छितरा जा रहे थे। वे दोनों चुप थे और बाहर बारिश और तेज हवाओं की मिलीजुली आवाजें उनके बीच छाई निस्तब्धता को भंग कर रही थी।

करीब आधे घंटे बारिश हुई थी। पूरा सड़क एक नदी का शक्ल ले चुका था। शाम भी अब होने को थी। धीरे धीरे हवाएं शांत हो रही थी पर बूंदाबांदी हल्की अभी हो ही रही थी। रामभरोसे ने बाहर निकलकर देखा ऊपर आसमान पर बादल छंट रहे थे। बुढ़िया चटाई से उठती हुई अपने कदम संभालते हुए आंगन में चली आई। घर के सटे हुए बांस के बनाये हुए ओहार में से सूखे उपले और कुछ लकड़ियां निकालने लगी। ओहार के ऊपर से प्लास्टिक को डालकर अच्छी से ओढ़ाकर ढका तो गया था फिर भी बारिश के कारण वह भी कहीं कहीं से भींग गया था। बुढ़िया उन्हीं में से चुनकर जलाने के लिए ले आई। जल्दी से वह 5-6 रोटी सेंक ले तो सुबह की बनाई हुई सब्जी के साथ वे दोनों खा लेंगे। थोड़ी देर के

बाद अंधेरा और गहरा गया था। रामभरोसे ने बत्ती जला दिया। उसने 50 रुपये महीना पर एक बत्ती जलाने के लिए सरजू मंडल से लाइन लिया है। बुढ़िया चूल्हे जला चुकी थी। रामभरोसे भी चटाई को नजदीक खिसका कर बैठ गया। कुछ नये पुराने बातें उन दोनों के बीच होने लगी थी। रोटियां सेंक चुकी तो बुढ़िया ने कहा "जाकर हाथ पैर धो लो।"

रामभरोसे घर के पिछवाड़े में चापाकल पर हाथ धोने चला गया। घर के पिछवाड़े 5 धुर जमीन रामभरोसे ने बाड़ी-झाड़ी के लिए ले रखे थे और वही कोने में चापाकल था। भीतर आकर उन दोनों ने साथ ही साथ खाना खा लिया। झूठे बर्तनों के समेटकर बुढ़िया ने भी चापाकल पर जाकर धोने लगी। थोड़ी देर के बाद वापस आकर उसने पीछे की कुंडी लगा दी और सोने को चली गई।

सुबह उठते-उठते 6 बज गए थे। रामभरोसे 5 बजे ही खेत पर चला गया था। बुढ़िया झोपड़ी के बाहर अपने छोटे से आंगन को झाड़ू से बुहार रही थी। कल की बारिश ने आंगन की मिट्टी को भी कहीं कहीं से उखाड़ दिया था वह झाड़ू लगाकर उसे गोबर से फिर लीप देगी। अभी वो ऐसा करने को सोच रही थी कि तभी तोते ने रटना शुरू कर दिया "गुड्डू आया, गुड्डू आया"। कोई आंगन के बाहर खड़ा था। "कौन है" कहती हुई बुढ़िया ने टाट के बीच में बने हुए सुराख से झांककर देखा। रामरतन का बेटा रामभरोसे काका के बारे में पूछ रहा था।

"बटेसर के चाय की दुकान में देख लेना वहीं होंगे" बुढ़िया ने उसे कह दिया। वह चला गया था तुरंत ही।

कभी कोई बाहर आवाज देता तो वह रामभरोसे को कहा करती थी "देखो गुड्डू आया है।" रामभरोसे उसके ऐसे व्यवहारों से वाकिफ था पर अब वो ऐसा नहीं करती। समय के साथ वह भी धीरे धीरे भूल रही थी पर इस तोते ने तो जैसे गुड्डू का नाम तो रट ही लिया था जब भी कोई आवाज देता वह "गुड्डू गुड्डू" रटने लगता। बुढ़िया फिर अपने आंगन को लीपने लगी। कुछ देर ही में आंगन सूख जाएगा तो वह बाहर ही चूल्हे पर खाना बना लेगी। अभी रामभरोसे बाहर से लौटा न था। बुढ़िया भीतर जाकर अंदर की सफाई करने लगी। काम निपटाकर उसने तोते की कटोरी में चना के उबले दाने और दूसरी कटोरी में पानी भर दिया था।

9 बज रहे थे। रामभरोसे काम पर जा रहा था। आज नदी किनारे मिट्टी भराई का काम चलने वाला था, रामरतन ने उसी काम के लिए उसे बुलवाया था इस कारण वह जल्दी ही खाना खाकर चला गया था। बुढ़िया भी अपने काम में लग गयी। गांव के बाहर बहने वाली नदी गांव से करीब आधे किलोमीटर की दूरी पर था। यह नदी सूखी हुई बिल्कुल नहीं थी। बरसात में तो यह नदी उफनती हुई नदी के रूप में तब्दील हो जाती है। फिर बरसात खत्म होने पर इसमें पानी कम होने लगता है पर यह सूखता नहीं है। आज इसी नदी पर काम किया जाना था। मिट्टी भराई के बाद बोल्डर तारों में भरकर रखा जाना था जिससे कि हरपुरवा, बसई, कतरा और यह खराबपुर के आसपास और भी टोले को बाढ़ से बचाया जा सके क्योंकि हर बार यह फसलों को भारी नुकसान पहुंचाती है। रामभरोसे को यह काम अच्छा लगा कम से कम 1 महीने तक तो जरूर ही चलेगा और उसे अच्छी मजदूरी भी मिल जाएगी।

इधर जब बुढ़िया अभी लेटी हुई ही थी कि शिवकली आ गई। पड़ोस की चम्पा के घर में उसकी बेटी की शादी थी सो वह भी घर को बाहर से बंद करके चली गई।

नदी में मिट्टी भराई का काम लगभग 1 महीने तक चला और उसके काम के बदले रामभरोसे को अच्छे पैसे मिल गये। अब उसने इस पैसे से नदी पार के सरेह से 10-12 बोझे ले आया था। 35 रुपये बोझ उसने यहां से खरीद कर ले आया था। 3-4 दिनों तक वह जा जाकर बोझे खुद ही ढोकर ले आया था। घर के ऊपर उसने पुराने खर को हटाकर नये खर को बिछाकर उसने उसपर मोटी प्लास्टिक से अच्छी तरह ओढ़ाकर बांस के पतले पतले फट्टियों को ऊपर चढ़ाकर रस्सी से बांध कर कस दिया था। अब उसे कम से कम तीन चार साल खर की जरूरत नहीं पड़ेगी। रामभरोसे घर छावने का काम करने में निपुण था। पहले पहले तो वह इस काम के लिए जगह जगह जाया भी करता था पर जब से उसने ईंट भट्ठे में काम शुरू किया है वह बाहर जा नहीं पाता है। ईंट भट्ठे के मालिक ने उसके बकाये के बाकी के पैसे दे दिये थे क्योंकि अब से पांच छह महीने तो यह बंद ही रहेगा। रामभरोसे ने गुणा-भाग करके मिले हुए पैसों से वह घर के लिए राशन की पूरी व्यवस्था कर लेनी सोची।

बरसात में तो कोई काम भी न मिलेगा। खैर जो भी हो बरसात के लिए तो व्यवस्था तो हो गई है आगे देखा जाएगा। समय धीरे धीरे गुजरता चला गया। बुढ़िया की बड़ी बेटी पार्वती भी अपने बच्चों के साथ मायके आ गई थी। उसके एक बच्चा था जो एक साल का रहा होगा। दिन भर बुढ़िया अपने नाती को खिलाने में लगी रहती थी। घर के काम पार्वती ने संभाल रखा था। उसका पति बाहर ही कमाने गया था। वह क्वार तक आएगा तब तक वह यहीं रहेगी। कभी कभी रामभरोसे भी अपने नाती को बाहर घुमाने ले जाता था।

गांव में इस बार दशहरे की काफी धूम रहेगी क्योंकि इस बार नाटक मंडली भी आने वाली है जो पिछली बार किसी कारण नहीं आ पाया था। बच्चे बूढ़े सभी ऐसे समय में खूब मजे करते हैं। 10-15 दिन तो एक मेला सा लग जाता है। तरह तरह के दुकानें सभी कतार से सज जाती है।

दुर्गास्थान में मूर्तियां बननी शुरू हो गई थी। मेला में अभी से ही रौनक शुरू हो गया था जबकि अभी कलश स्थापन में बहुत दिन बाकी है। आज मंगलवार है और बुढ़िया आंगन को लीप भी चुकी थी जल्दी से वह नहा धोकर मंदिर चली जाएगी। रामभरोसे अभी तक बटेसर की दुकान पर से लौटा नहीं था। जब से पार्वती आई है रामभरोसे हर रोज ही नाती को लेकर घूमने चला जाया करता है। सो अब बुढ़िया जल्दी नहाने को जाने ही वाली थी कि बांस के बल्लियों से लटके हुए पिंजड़े के भीतर से तोते ने रटना शुरू कर दिया "गुड्डू आया, गुड्डू आया"। बुढ़िया ने देखा कुछ बड़े लड़कों के झुंड आंगन के बाहर खड़े थे और उनके बीच एक साफ कपड़ों से लैस एक नौजवान भी था और उसने हाथ में एक बड़ा झोला भी लटका रखा है। बुढ़िया ने आंगन के भीतर से ही देखते हुए बोली "जाओ दुकान पर ही होंगे वहीं चंदा ले लेना" क्योंकि हरेक साल पूजा के लिए चंदा इकट्ठा किया जाता था वह यह जानती थी। वह ऐसा कहकर मुड़ने को ही थी कि दरवाजा बंद कर ले तब तक वह नौजवान भीतर आ चुका था और उसने भीतर आते ही बुढ़िया के पैर छूने को झुक गया और कह रहा था "मैं गुड्डू हूं आई तुम्हारा गुड्डू"।

"क्या तुम सच में..." आई तो जैसे अकबक हो गई।

"हां मैं गुड्डू हूं आई..." वह कह रहा था।

कमजोर हो चुकी बुढ़िया की आंखें एकटक अपने बेटे की ओर देखने लगी और उसकी कमजोर हो चुकी शरीर में मानो एक प्राण का संचार हो गया हो उसने अपने बेटे को पहचान लिया तो वह उसके छाती से लगकर बिलख बिलख कर रोने लगी पर अब ये खुशी के आंसू थे जो अबाध रूप से बहे जा रहे थे, गुड्डू भी अपने आंसुओं को रोक नहीं पाया था वह भी रोये जा रहे था। पार्वती भी अपने बिछड़े हुए भाई को सामने पाकर रो रही थी। बुढ़िया खुश थी और हो भी क्यों नहीं उसका बेटा लौट जो आया था। उसने आई को रोते हुए बताया था कि वह दिल्ली में एक कपड़े के मिल में सुपरवाइजर हो गया है और एक माह की छुट्टी पर घर आया है। वह आई के छाती से अब भी लगकर रोते हुए कह रहा था "आई तुझे अब कोई दुख देखने नहीं पड़ेंगे मैं अब आ गया हूं"। आस पड़ोस में यह खबर आग की तरह फैल गई थी कि बुढ़िया का बेटा जो घर से भाग गया था वो वापस आ गया है। आंगन में भीड़ जमा हो चुका था पर वह दिन कुछ और था जब बुढ़िया का बेटा भाग गया था बिना किसी को बताए। रामभरोसे को तो बिल्लू ने भागकर आते हुए बताया था। उसने बताया था कि वे दोनों ऐसे ही घूमने स्टेशन गये थे। गांव से स्टेशन ज्यादा दूर नहीं था करीब आधा किलोमीटर ही रहा होगा। यह खराबपुर में कोई एक्सप्रेस गाड़ी रुकती तो नहीं थी पर पैसेंजर ट्रेन रुकती थी जो दिल्ली को जाती थी जो 5 या 6 घंटे में लगती थी उसी पर बैठ गया था, वह हांफते हुए ही बोला था कि उतर जाओ पर नहीं माना और कह रहा था कि आई को बोल देना कि मैं दिल्ली जा रहा हूं कमाने और कमाकर ही लौटूंगा और ये भी कहना मैं ढेर सारे पैसे लेकर आऊंगा। रामभरोसे ने तो जैसे तैसे अपने मन को संभाल लिया था पर बुढ़िया तो जैसे पागल ही हो गई थी। कितने ओझा वैद्य के दवा खाकर वह ठीक हुई थी बरसों लग गये थे। पर आज माहौल बदल गया था। रामभरोसे भी यह जानकर के उसका बेटा आया है वह भागता हुआ घर आ गया था। उसने अपने सामने बेटे को देखकर बरसों सीने में दबाकर रखे हुए पीड़ा को आंसुओं के रूप में निकाल रहा था। सभी कोई आज खुश थे। हो भी क्यों नहीं कोई अपना वापस लौट आया था। और पिंजड़े के भीतर बैठा हुआ तोता अभी भी रट लगा रहा था... "गुड्डू आया, गुड्डू आया"।

9

खोया हुआ प्यार

शैफाली पहाड़ के ढलानों के बीच-बीच एक सडक़ जो नीचे की तरफ उतर रही थी, उसे एकटक देखती जा रही थी। आठों तिरछी सडक़ों से होकर ही वह छद्‌मवेशी परदेशी आया था। तब शैफाली को क्या पता था, जिसे वह अपना मान बैठी है, वही उसे बीच राह छोड़कर चला जाएगा। अरण्य वन के थके देने वाला एकाकीपन उसे इस तरह घेरने लगा। घंटों वह बुत बनी सडक़ को देख रही थी। आँखों में एक सूनापन था। तभी उसके ठीक ऊपर की पहाड़ी पर बने मंदिर की घंटी बज उठी, तो उसने ऊपर की तरफ देखा। शाम का धुँधलका पसर गया था। वह उठकर घर की जाने लगी। करीब 15-20 मिनट हुए होंगे उसे चलते हुए। बस्ती के शुरू होने के दो चार घर के बाद ही उसका घर था।

कहाँ चली गई थी शैफाली माँ ने उसे देखकर पूछा।

दीपा के घर पूजा है, वह आई थी कहने, माँ ने फिर कहा।

बस मंदिर के पास वाली टीले पर, शैफाली ने जवाब दिया।

वहाँ तू अकेले मत जाया कर, शैफाली कितनी दफा समझाया है तुझे माँ ने प्यार जताया।

वह कुछ न बोली, चुपचाप घर के बाहर नल पर जाकर पैर धोने लगी। थोड़ी देर के बाद माँ के पास आकर बैठ गई।

माँ ने चुप्पी तोड़ी सरीन की चिट्ठी आई है।

शैफाली ने कहा भैया ने क्या लिखा है, दिखाओ तो माँ।

वह ठीक ही कहा है, इस महीने की आखिरी तारीख को घर आएगा माँ ने कहा।

अच्छा शैफाली खुश हो गई।

वह कह रहा है कि तुझे भी इस बार लेता जाएगा माँ ने सवालिया निशान से उसकी तरफ देखा।

मैं नहीं जाऊँगी माँ, तुझे छोड़कर फिर तू अकेली रह जाएगी शैफाली ने अनिच्छा जताई।

नहीं बेटा, मैं अकेली कहाँ, पास-पड़ोस में ही पार्वती काकी, जानकी अम्मा और कई सारे तो हैं मेरे पास माँ ने कहा।

जो भी हो, मैं कहीं जाने वाली नहीं कहते हुए शैफाली उठ खड़ी हुई।

शैफाली चिट्ठी लेकर जाने लगी

तभी माँ ने उसका हाथ पकड़ लिया रुक़ तो सही, कहाँ जा रही हो।

कहाँ जाऊँगी माँ, अपने कमरे में जा रही हूँ कह अपना हाथ छुड़ाकर चली गई।

माँ ने उसकी उदासी देखी थी और जानती थी कि शैफाली को क्या हुआ है। माँ ने आवाज देकर शैफाली को कहा कि वह दीपा के यहाँ पूजा देखने जा रही है, थोड़ी देर में आती हूँ कह कर चली गई।

थोड़ी ही देर में माँ लौट आई थी। माँ उसके कमरे में आकर देखा तो शैफाली अचल देख रही थी। माँ ने स्नेह से उसके हाथ में प्रसाद दिया और प्यार से उसके माथे पर हाथ फेरते हुए कहा ऐसे कितने दिन चलेगा शैफाली।

मैं ठीक हूँ माँ, और मुझे क्या हुआ है शैफाली माँ के तरफ देखते हुए बोली '

कुछ भी ठीक नहीं है शैफाली। तू उदास रहती है, अपने में खोई हुई, ये सब क्या माँ के लिए पर्याप्त है शैफाली, माँ ने कहा और फिर माँ ने शब्द जोड़ा इसलिए कह रही हूँ भाई के पास चली जा, मन बहल जाएगा।

पर शैफाली क्या उसका मन समझ सकेगा, कि जिस रास्ते को फलकते हुए वह किसी अनजान रास्तों से गया था, वह फिर लौट के भी उसके पास आएगा। तो क्या वह शैफाली को चिंताओं के भंवर में छोड़कर गुम हो गया हमेशा की तरह। या वह उसे धोखा देकर चला गया

है, शैफाली का मन इसे नहीं मानता। अगर उसे धोखा ही देना होता, तो क्या वह सुखद हाथों का स्पर्श देता। उसने कभी उसका अहित नहीं किया, शैफाली यह कैसे मान ले कि वह एक आवारा और धोखा देने वाला इंसान नहीं था। सुंदर और सजीला सा नौजवान था नरेन्द्र। करीब 6 फुट का रहा होगा। गठीला शरीर और भी बहुत सारी खूबियाँ थी उसमें जो शैफाली को भा गया था। चंचल और चपल शैफाली के जीवन में बड़ा सा बदलाव लेकर आया था नरेन्द्र। शैफाली जब भी उससे मिलती तो वह फूली न समाती। घंटों उसके साथ बिताते हुए लम्हे इस तरह से गुजरते कि समय का पता भी नहीं चलता। उसे लगता काश यह समय ऐसा ही हमेशा रहता तो कितना अच्छा होता। पर समय कब हवाओं की तरह आकर चला गया, उसे पता भी नहीं चल पाया और उसके पास रह गया सूनापन और फिर यादें, जो शैफाली का मन आज भी सहेज कर रखा है।

झील के किनारे बने हुए काठ के बेंच पर नरेन्द्र बैठा हुआ था। शैफाली भी उसके बगल में बैठी हुई थी। घंटों वे दोनों इस जगह पर आकर बैठकर बातें किया करते थे।

शैफाली, तू चलेगी मेरे साथ

क्यों नहीं, तुम ले तो चलोगे

मैंने प्यार किया है तुमसे, बेवफाई नहीं करूँगा, वादा करता हूँ कि मैं हमेशा तुम्हारा रहूँगा

सच कहते हो

अगर तुम्हें विश्वास नहीं है तो मैं इसी क्षण लौट जाता हूँ, कह कर वह जाने को था कि शैफाली ने उसका हाथ थाम लिया

चलो शैफाली, मैं

भगवान के मंदिर में सामने मैं वचन देता हूँ

भूल तो नहीं जाओगे

कभी नहीं शैफाली, अगर मुझपर विश्वास है तो इसे टूटने नहीं देना, इसे बनाए रखना

हाँ, मैं जानती हूँ नरेन्द्र, तुम वैसे नहीं हो, तभी तो मैंने तुम्हें इतना चाहा है

बस ऐसी ही प्यार की उम्मीद है शैफाली

नरेन्द्र ने अपना हाथ का स्पर्श उसके हाथ पर रख दिया था।

घंटों इसी तरह करीब रोज ही दोनों बैठा किया करते थे

हिमाचल की खूबसूरत वादियों से घिरा हुआ यह बस्ती बहुत ही सुंदर था। ज्यादातर काठ के इस्तेमाल हुए छोटे बड़े घर थे। घरों के ऊपर फूलों की डालियाँ लदी पड़ी थी। नरेन्द्र दृश्यों को देखते हुए मंत्रमुग्ध होता हुआ चल रहा था। सड़कों किनारे के लाल-पीले बिखरी हुई फूलों से अटी पड़ी थी। उस पर लम्बे-लम्बे चीड़ के पेड़ों को चीरते हुए धूप भी अच्छा ही खिला हुआ था। आज नरेन्द्र अपने फॉरेस्ट ऑफिसर पद पर जॉइन करने जा रहा था। उसके हाथ में एक बैग भी था जो ख़ास भारी नहीं था और इसलिए भी अपने साथ नहीं लाया कि यहाँ उसे अच्छा नहीं लगा तो वह जल्दी ही लौट जाएगा। शिमला से सीतलखेड़ा आने में उसे ज्यादा परेशानी नहीं हुई। यहाँ तक के लिए हमेशा बस आदि आया जाया करते थे। कुछ देर चलने के बाद सडक़ के बायीं ओर मुड़ गया। बोर्ड पर फॉरेस्ट कार्यालय जाने का रास्ता लिखा हुआ था। दिन के करीब 12 बज रहे थे। कार्यालय के बाहर कुछ कर्मचारी बैठे हुए थे। वह पहुँचकर अपना परिचय दिया। एक ने उनमें से जो इंचार्ज था, उसने हाथ मिलाया और कार्यालय भीतर उसे ले गया। थोड़ी देर में ही औपचारिकता पूरी होने पर इंचार्ज ने चपरासी को बुलाकर उसे अपना कमरा दिखलाने को कहा। चपरासी ने उसका बैग उठा लिया और ऑफिसर क्वार्टर की तरफ ले गया

चपरासी ने खाने के लिए पूछा तो उसने शिमला में उतरते ही खाना खा लिया था।

आज रात का खाना मैं बना दूँगा, आप आराम करें, थक गए होंगे कह कर चला गया।

वास्तव में वह थक गया था। वह कल ही दिल्ली से चला हुआ था। वह शिमला तो दोस्तों के साथ दो तीन दफे आया भी था। नौकरी के सिलसिले में भी आना पड़ेगा, उसे पता नहीं था। बिस्तर पर लेटते हुए उसे कब नींद आ गई पता ही नहीं चला। रात को भी वह जल्दी ही खाना खाकर सो गया था।

सीतलखेड़ा एक बड़ी आबादी वाला बस्ती था। बहुत दूर तक फैला हुआ था। बस्ती घना नहीं था। छिटपुट लोग बसे हुए थे। आवश्यकता की

चीजों के लिए एक छोटा सा मार्केट भी था। राम प्रसाद ने बस्ती के बारे में पूरा बताया और उसे यह भी कहा कि कल उसके यहाँ एक उत्सव है, अपना होगा कह कर वह घर चला गया। राम प्रसाद भी उसी ऑफिस में काम करता था।

कल वह ऑफिस का काम ख़त्म कर बस्ती में के मार्केट में भी गया जो ज्यादा दूर भी नहीं था। उसने अपनी आवश्यकता की चीजें लेकर राम प्रसाद के घर चला गया। राम प्रसाद अपने परिवार बच्चों से उसका परिचय करवाया था। उसकी सबसे बड़ी बेटी थी जिसकी शादी उसने हाल ही में पड़ोस के गाँव में की थी। खाना उसने वही खाकर वह जल्दी अपने क्वार्टर में लौट गया था। इसी तरह आते जाते दीपा के घर पर ही शैफाली से उसका परिचय दीपा ने करवाया था जो उसकी ख़ास सहेली थी। पहली नज़र में शैफाली उसे अच्छी लगी थी। कुछ दिन ऐसे ही बीत गए। जब भी उसे कुछ लेना होता, घूमने के खयाल से भी आते जाते शैफाली उसे मिल जाया करती थी। धीरे-धीरे शैफाली की ओर सब वह आकर्षित हो गया, उसे पता नहीं चल पाया। शैफाली भी उसे पसंद करने लगी थी। एक दिन शैफाली ने अपने घर बुलाकर माँ से भी मिलवाया था। माँ को नरेन्द्र बहुत भाया था। नरेन्द्र सुंदर और सजीला सा नौजवान माँ को भी बहुत भाया था। फिर तो माँ भी कभी-कभी उसे खाने पर बुला लिया करती थी। उन दोनों के बीच पनपे प्यार भी माँ की आँखों ने देख लिया था। माँ ने शैफाली से पूछा भी था उसके बारे में तो उसने सहमति जताई थी।

दिन तेजी से बीत रहे थे। अब नरेन्द्र को भी यहाँ का माहौल और सब कुछ अच्छा लगने लगा था। दो महीने से ऊपर आये हुए हो गए थे। आज ऑफिस से जल्दी काम निपटाकर वह शैफाली से मिलने चला गया था। वे दोनों एक दूसरे से बातें कर रहे थे।

शैफाली, मैं कल सुबह दिल्ली जाना चाह रहा हूँ

थोड़ी देर शैफाली चुप रही, फिर उसने पूछा क्यों जाना चाहते हो

कुछ ऑफिस का भी काम है और फिर माँ पापा ने बुलाया भी है। कुछ ही दिनों की बात है। मैं जल्दी ही लौट कर आ जाऊँगा उसने बतलाया।

शैफाली का मन मानों बैठा जा रहा था। आँखें थोड़ी नम हो गई थी सुनकर।

मैं 10-12 दिनों में ही लौट आऊंगा तुम्हारे पास नरेन्द्र कहने लगा

फिर वे दोनों ने बातें की। शाम पूरी तरह रात में बदल रहा था। नरेन्द्र उठ खड़ा हुआ। सन्नाटा पसर गया था दोनों के बीच।

बस जल्दी आना वह इतना ही बोल पाई।

नरेन्द्र टीले के पास ही एक ढलान जो नीचे की ओर जा रहा था, उधर से उतर गया।

सारी रात शैफाली ने करवट बदल कर काटी। माँ ने खाने के लिए कहा भी तो उसने मना कर दिया। पता नहीं वह कब आएगा।

दिन बीत रहे थे। सरीन घर आ गया था कुछ दिनों की छुट्टी पर। शैफाली का उसे उदास देखा तो उसने उससे पूछा तो मैं ठीक हूँ, कहाँ था। पर कुछ भी तो ठीक नहीं लग रहा था। शैफाली के बारे में सरीन ने माँ से पूछा तो माँ ने कारण बताया। सरीन को समझते हुए देरी नहीं लगी। कल होकर सरीन फॉरेस्ट ऑफिस गया तो उसे पूरी बात का पता चला कि नरेन्द्र तो दिल्ली के एक अस्पताल में पैर फ्रैक्चर के कारण एडमिट है। सरीन ने अस्पताल का पता ले लिया और घर आ गया। शैफाली घर पर नहीं थी। माँ को नरेन्द्र के बारे में बताया। एक दिन सरीन ने शैफाली से पूछा शैफाली, दिल्ली घूमने चलेगी, दो तीन वहाँ रहकर वापस आ जाएँगे।

पहले तो उसने मना कर दिया पर माँ ने यह कहकर कि तेरा मन बहल जाएगा तो वह मान गई। शैफाली कभी बाहर गई भी नहीं थी।

ठीक है माँ शैफाली बोली

सरीन बोला कल सुबह वाली बस से चलेंगे, तुम तैयार रहना।

फिर सरीन दोस्तों से मिलने बाहर चला गया।

शिमला से सीधी बस थी दिल्ली के लिए। दिल्ली तो सरीन जानता रहता था पर शैफाली के लिए सब कुछ नया ही था। ऊँची ऊँची बिल्डिंग लम्बी लम्बी सड़कें और लोगों की भीड़-भाड़ भी। उसका मन लोगों की सैंकड़ों भीड़ में भी नरेन्द्र को ढूंढ रहा था। दिल्ली पहुँचकर सबसे पहले सरीन ने एक होटल ले लिया था जो अस्पताल के बगल में ही था। कुछ देर के लिए शैफाली को छोड़कर वह निकल पड़ा। थोड़ी दूर पर ही अस्पताल था। रिसेप्शन पर जाकर उसने नरेन्द्र के बारे में पता लगाया।

वह कमरे में ही था। उसने झाँककर देखा तो उस समय वह अकेला ही था। भीतर जाकर वह उससे मिला पर शैफाली के बारे में नहीं बताया। नरेन्द्र कहीं हेड ऑफिस के सीढ़ियों से उतरते वक्त गिरा और पैर टूट गया था। थोड़ी देर में आता हूँ कहकर सरीन बाहर आकर सीधा होटल आया। शैफाली तैयार हो चुकी थी। उसने शैफाली से बाहर घूमने चलने को कहा तो वह भी चलती हुई, कह कर उसके साथ निकल पड़ी। थोड़ी दूर चलने के बाद वह अस्पताल आ गया तो सरीन उसे भीतर ले गया।

यहाँ क्यों आये हो भैया शैफाली ने पूछा '

किसी से मिलवाना है तुझे सरीन ने कहा

अस्पताल बहुत बड़ा था। नीचे ही वार्ड में उसे ले जाकर एक कमरे के बाहर रुक गया और शैफाली को यह बोलकर मैं आता हूँ तू भीतर जा और मिल ले

नरेन्द्र अपने व्हील चेयर पर बैठा खिड़की के बाहर की तरफ झाँक रहा था। उसके पैर के दाहिने घुटने से नीचे तक प्लास्टर चढ़ा हुआ था। उसकी पीठ के पीछे दरवाजा था, अचानक दरवाजे पर आहट हुई तो सामने की तरफ मुड़ा ही था, सामने शैफाली खड़ी थी। सहसा उसे विश्वास ही नहीं हुआ। देखते ही उसकी आँखें छलक छलक गई और थोड़ी देर वह कुछ न बोल सका। शैफाली भी सामने नरेन्द्र को पाकर भाव विह्वल हो गई और

उसकी आँखें भर आई। शैफाली भी सकते में होकर नरेन्द्र से लिपट गई। उसके आँसू थम नहीं रहे थे। नरेन्द्र को पाकर उसे हर ख़ुशी मिल गई हो, जैसे।

भैया ने बताया नहीं कि तुम भी आई हो, नरेन्द्र बोला

शैफाली कुछ न बोली। नरेन्द्र ने फिर उसकी तरफ देखते हुए बोला मुझे माफ़ कर दो शैफाली, मैं आ न सका

शैफाली काँपते होंठों से बोली इतनी बड़ी बात हो गई और तुमने मुझे बतलाया तक नहीं, क्यों

तुम घबरा जाती और परेशान हो जाती, नरेन्द्र ने कहा

उसने अपनी बात जारी रखी। अब घाव भर भी गया है। दो चार दिनों में माँ को साथ लेकर मैं आने ही वाला था, मुझपर विश्वास करो। मैंने माँ

को सब कुछ बता दिया है। वह अब आती ही होगी। माँ तुम्हें देखकर खुश हो जाएगी।

बाहर थोड़ी देर तक बाहर रहने के बाद भीतर आ चुका था।

नरेन्द्र उठ रहा था तो सरीन ने आगे आकर रोक दिया। वह पास आकर बैठ कर नरेन्द्र से बातें करने लगा।

आज शैफाली उदास न थी। उसे उसका खोया हुआ प्यार जो मिल गया था।

10

नया सहारा

कालिस, तुम जल्दी से तैयार हो जाओ, हम सब साथ चलने वाले हैं मार्कोस ने कालिस को कुछ कहा था।

अभी अभी तो वह सोकर उठा ही था और फिर कहीं जाना है। कालिस को अपने पिता की बातों पर यकीन नहीं हुआ। वह दौड़कर किचन में गया जहाँ उसकी मम्मी खाने के डिब्बे में कुछ रखकर पैक कर रही थी।

मम्मी, हम सबको कहाँ जाना है? उसने मम्मी से पूछा

हाँ कालिस, हमें एक घंटे में निकलना है, तुम जल्दी से ब्रश कर लो। मैं तुम्हारे लिए सैंडविच तैयार करती हूँ। रोजीना ने अपने बेटे को देखकर बोली।

पर कहाँ वह जानना चाहता था।

वह डैडी जानते हैं, तुम बस तैयार हो जाओ। हाँ और देखो क्या तुम्हारे दादाजी तैयार हो गए हैं या नहीं? वह फिर अपने काम में मशगूल हो गई।

कालिस बाथरूम में घुस गया। कालिस अभी १० वर्ष का हो गया है। सेंट कोलम्बस स्कूल में वह पाँचवीं कक्षा में पढ़ता है। उसका स्कूल घर के बिलकुल पास ही में था, लगभग १०० मीटर या उससे भी कम रहा होगा। इस बार स्कूल सर्दी के बढ़ जाने के कारण एक हफ्ते के लिए फिर बंद कर दिया था। वैसे भी यहाँ के स्थानीय कहते हैं कि न्यूजीलैंड की अपेक्षा यहाँ ठण्ड कुछ ज्यादा ही पड़ती है, जो भी हो आज ठण्ड ज्यादा

ही थी। यह बस्ती कोई ख़ास बड़ी नहीं थी करीब १०० के करीब घर थे। घनी आबादी नहीं थी। छिटपुट वाली यह बस्ती थी, कुछ घर यहाँ थे, तो कुछ घर वहाँ। लुसियाना मगर हर मामले में अच्छी थी। पहाड़ियों पर बसी यह बस्ती बहुत ही लुभावना थी। मार्कोस को जब यहाँ तबादला हो गया और जब वह यहाँ वो आया, तो उसे यह जगह काफी पसंद आई और वह यहाँ आकर बस गया। लुसियाना से हर जगह के लिए बसें/गाड़ियाँ हमेशा उपलब्ध हो जाती थी। हर चीज़ की यहाँ सुविधा थी। मार्कोस को यहाँ रहते हुए कई वर्ष बीत गए थे। न्यूजीलैंड के कैंट में पहले वह रहा करता था। तब वह युवा हुआ करता था। उसके पिता मि. विंस्टन और माँ जौली वहीं रहा करते थे। उसके पिता एक अच्छे ओहदे पर रहते हुए रिटायर हो हो गए थे, तब मार्कोस अपने लिए काम की तलाश करने लगा और जल्द ही उसे लुसियाना में एक शराब बनाने वाली कंपनी में काम मिल गया तो वह शुरू में अकेला ही रहा करता था। एक दो साल के बाद उसने अपनी प्रेमिका से शादी कर ली तो वे और राजिना साथ साथ रहा करते थे। बाद में कालिस का जन्म हुआ तो उसके पालन में परेशानी होने लगी तो उसने अपनी मम्मी पापा को लुसियाना लेकर आ गया था। कालिस अपने दादा और दादी के संरक्षण में ही बड़ा हुआ था। मार्कोस और rozina दोनों ही काम किया करते थे सो वे कालिस को ज्यादा समय दे नहीं पाए पर कालिस अपने दादा-दादी के पास रहकर खुश था।

कालिस जल्दी से बाथरूम से बाहर आ गया था और वह कपड़े पहनकर तैयार हो चुका था। बाहर मि. विंस्टन सोफे पर बैठकर कहीं दूर टकटकी देखे जा रहे थे। उन्होंने कालिस को अपनी ओर आते हुए नहीं देखा था। कालिस जब उनके नज़दीक आकर उनका हाथ पकड़कर पूछ रहा था।

दादाजी हम कहाँ जा रहे हैं

मुझे नहीं पता कहाँ जाना है बस तुम्हारे डैडी ने तैयार होने को कहा तो मैं तैयार होकर बैठा हूँ अचानक मि. विंस्टन जो कहीं ओर देख रहे थे मुड़कर अपने पोते से कहा।

देखो तो, मैं बिलकुल तैयार हूँ न।

हाँ आप तो बिल्कुल ही तैयार हैं, पर आपने अपनी छड़ी कहाँ रखी है

मि. विंस्टन के जो सीढ़ी चढ़ते हुए पिसल गए थे और उनके पैर में ज्यादा चोट लग गई थी और वो अच्छे से सीधे भी नहीं हो पा रहे थे, तो मार्कोस ने छड़ी लाकर दी थी। वैसे उनकी उम्र 85 के आस-पास ही थी और वो खुद से चल लेते थे पर पैर का चोट अभी ठीक नहीं हुआ था इसी वजह से वे लाठी के सहारे चल रहे थे। कालिस ने दादाजी के कमरे में जाकर उनकी लाठी लाकर उनके हाथ में थमा दिया।

मैंने मम्मी से पूछा उन्हें भी नहीं मालूम और आपको भी नहीं पता है कालिस अपने दादाजी की ओर मुखातिब हुआ।

मि. विंस्टन को थोड़ी ऊब लगने लगी थी पर वह अपने पोते से कह नहीं पाए। कुछ ही दिन पहले की बात है जब वे डिनर करके बरामदे में टहल रहे थे कि तभी मार्कोस भी आ गया था।

पापा मैं सोच रहा हूँ कि मार्कोस कुछ बोलना चाह रहा था

तो कहो न उन्होंने अपने बेटे से कहा

मार्कोस ने बोलना शुरू किया मैंने कालिस का एडमिशन एक अच्छे बोर्डिंग स्कूल में करवा दिया है। अगले फरवरी के २० तारिख से उसके क्लास भी शुरू हो जाएँगे और आप जानते ही हैं कि हम दोनों को नौकरी के कारण दिनभर बाहर ही रहना पड़ता है और कभी ओवरटाईम के कारण रात को लेट से आते हैं, इसीकारण मैंने फैसला लिया है कि आपको एक ओल्ड एज होम में रख दूँगा, जहाँ पर आपकी उम्र के कई सारे रहते हैं, वहाँ पर आप बिल्कुल भी अच्छी तरह रहेंगे और वहाँ आपको मन भी लग जाएगा। यह क्या ठीक रहेगा न।

मि. विंस्टन शायद कोई और बातों के लिए उससे उम्मीद की थी। वह अपने बेटे की बात सुनकर एकदम से सख्ते में आ गए थे। उन्हें लगा कि वे धड़ाम से नीचे गिर गए हों, किसी ने एक झटके में खुद से अलग कर दिया हो, कुछ जवाब उनसे देते हुए नहीं बना। गले से बस इतना शब्द निकल पाया जैसे 'तुम उचित समझो'

और फिर हम कभी कभी आपसे मिलने आते भी रहेंगे। मि. विंस्टन ने उस रात जैसे तैसे करवटों में गुजारी। नींद उनकी आँखों से कोसों दूर जा चुकी थी। आज जौली के गुजर जाने के बाद वे अपने को अकेला महसूस करने लगे थे। उनके पैर के नीचे से ज़मीन ही खिसक गई हो

जैसे, उनकी रही सही उम्मीद भी जाती रही । मुझे कुछ नहीं चाहिए मार्कोस पर तुम्हारे बगैर मैं कैसे अकेले रह पाऊँगा, मुझे अपने से अलग मत करो मार्कोस, रातभर वे कुछ न कुछ बड़बड़ाते रहे थे । आँखों से नींद उनकी बाकी जा चुकी थी ।

और आज जब कालिस ने उनसे पूछा तो वे समझ गए थे, पर उन्होंने अपने अंदर के उबाल को बाहर आने नहीं दिया था । जल्दी ही टेबल पर नाश्ता लग गया था जूलियाना ने बाहर आकर आवाज़ लगाई, अंदर आ जाओ, नाश्ता लग गया है । कालिस ने अपने दादाजी का हाथ पकड़कर भीतर ले आया । सभी ने जल्दी ही नाश्ता खत्म कर लिया था । मि. विंस्टन को खाने की इच्छा बिलकुल भी नहीं थी, जैसे तैसे दो चार निवाले मुँह में रखकर उठ गए थे । गाडी में उनका सामान रखा जाने लगा । उन्होंने अपने लिए दो चार गर्म कपड़े ही रखे थे और जौली की तस्वीर भी अटैची में रख लिया था । बाहर आकर वे कुर्सी पर बैठे हुए थे ।

कुछ देर बाद मार्कोस घर के बाहर आ गया था, जूलियाना भी बाहर निकल चुकी थी । मार्कोस ने अपने पिता की ओर देखकर बोला, पापा भीतर जाकर देख लो, कोई साथ ले जाने वाली चीज़ छूट तो नहीं गई है ।

नहीं कुछ नहीं, वह कुर्सी से उठ गए । कालिस जो अभी तक कुछ नहीं जान रहा था, उसे अब पता चल गया कि दादाजी कहीं जा रहे हैं ।

आप कहाँ जा रहे हैं दादाजी उसने विस्मित होकर पूछा

कुछ दिनों के लिए कोई दूसरी जगह मि. विंस्टन ने अपने पोते को पुचकारते हुए बोला

तत्क्षण सामान कार में रखा जा चुका था ।

आ जाओ, सभी लोग कार में बैठो मार्कोस कार में बैठते हुए बोला । जूलियाना और कालिस पीछे वाली सीट पर बैठ गए । और मि. विंस्टन आगे बैठे हुए थे । कार अब न्यूकैसल की ओर जा रही थी । सड़क पूरी तरह बर्फ से ढका हुआ था । कल रात काफी बर्फबारी हुई थी । रास्तों को चलने के योग्य बना दिया गया था । तीन चार घंटे के सफर के बाद आखिर न्यूकैसल आ गया।

न्यूकासल का यह ओल्ड एज होम बस्ती से दूर बनाई गई थी। ऊँची और

बड़ी चहारदीवारी के बीच ये ओल्ड एज होम बहुत ही शांत था। मार्कोस ने पहले ही से रजिस्ट्रेशन करवा ली थी। मेन गेट पर वॉचमैन ने भीतर आने के लिए गेट खोल दिया था। चारों ओर गार्डन लगाए गए थे। गार्डन के बीच कहीं कहीं लोगों के लिए चबूतरे और बेंच भी रखी गई थी। कुछ उम्रदराज़ लोग बैठे भी हुए थे। गार्डन के बाद ओल्ड एज होम बना हुआ था, जो काफी बड़ा था। मैनेजर ने मार्कोस से हाथ मिलाया और मिस्टर विंस्टन के रहने वाले कमरे को भी दिखलाया जो अच्छा था। कमरा पूरी तरह से व्यवस्थित था। मैनेजर ने हर एक मिलने वाली सुविधा के बारे में मार्कोस को बतलाया। मिस्टर विंस्टन का बैग उनके कमरे में रख दिया गया था। ये सब करते धरते घंटा भर बीत भी गया था। मिस्टर विंस्टन शांत बैठे हुए थे। कालिश को अब समझ आ गया था कि दादाजी यही रहने वाले थे। ये सब उसे बिलकुल भी अच्छा नहीं लग रहा था।

"कालिश तुम अच्छे से पढ़ना," मिस्टर विंस्टन की आवाज़ फंस रही थी।

"हाँ, पर आप यहाँ क्यों रहेंगे?" कालिश ने पूछा।

"शायद तुम्हारे डैड यही चाहते हैं," उन्होंने समझाया।

मगर वह बेचैन हो गया।

"कोई नहीं कालिश," मिस्टर विंस्टन ने ढाँढस बँधाया।

और फिर कहा, "ये ज्यादा दूर भी तो नहीं, जब भी मिलना चाहो आ जाना डैड के साथ।"

कालिश मौन था, वह दादाजी को एक पल भी छोड़ना नहीं चाह रहा था।

इधर जब पूरी तफ़सीश मार्कोस कर चुका तो उसने पापा से कहा, "हमें जाना होगा पापा। जाते जाते रात भी हो जाएगी।"

वे चुप थे। मार्कोस ने फिर कहा, "यहाँ हर कुछ का इंतज़ाम है। खाने पीने से लेकर केयरटेकर तक हर इंतज़ाम बढ़िया है। आप को तकलीफ नहीं होगी।"

"ठीक है," मिस्टर विंस्टन ने कहा।

"और फिर छुट्टियों पर मिलते भी रहेंगे।" मार्कोस ने कहा और जाते जाते पापा को गले लगाया।

अब भी कालिश ने दादाजी का हाथ पकड़े ही हुए था।

"जाओ कालिश लौट जाओ," मिस्टर विंस्टन ने अपने पोते को पुचकारते हुए कहा।

"जब भी स्कूल में छुट्टी होगी दादाजी से मिलने आ जाना।" वे अब ज्यादा बोल नहीं पाएंगे। उनका सब्र का बाँध टूटने लगा था। आँखों के कोरों में जो आँसू छिपे थे वे छलक न जाए इसलिए वे बिना क्षण गंवाए मुड़ गए।

अजीब सी ख़ामोशी थी। एक अंतहीन सन्नाटा जो अब उन सबों के बीच फैलने वाला भी था। मार्कोस ने गाड़ी स्टार्ट कर दी और उसने आवाज़ लगाई, "चलो कालिश देर हो जाएगी।"

कालिश कुछ न बोला और भरे मन से चुपचाप गाड़ी में बैठ गया। कुछ ही मिनट के बाद गाड़ी लौट चुकी थी। मिस्टर विंस्टन की आँखें दूर तक पीछा कर रही थी और जब गाड़ी उनके आँखों के आगे ओझल हो गई तो भी वे रास्ते को निहारते रहे। गाड़ी कब की दूर जा चुकी थी। वे लौट रहे थे छड़ी के सहारे धीरे धीरे जैसे शरीर में कोई जान भी न बची हो। अपने कमरे में आकर थके मन से अपने बैग को अलमारी में रख दिया। हाँ, जॉली की तस्वीर निकाल कर अपने बेड के ही बगल के टेबल पर रख दिया और कुछ देर तक तस्वीर को निहारते रहे थे। बेड पर वे पसर गए थे। आँखें बंद तो थी पर नींद कोसों दूर था। जोलीना ने उनके रात के खाने का सामान पैक तो कर दिया था पर उन्हें भूख थोड़ी सी भी नहीं थी तो उन्होंने इसे हाथ भी नहीं लगाया। बार बार उनके आँखों के आगे हर गुज़रे हुए पल एक एक कर आते जाते से रहे। कभी कभी अकुलाहट होती तो उठकर वे बैठ जाते थे। उन्हें घर की याद आने लगी थी और उनका पोता कालिश का चेहरा बार बार आ रहा था। स्कूल के छुट्टी होने पर वह हर समय दादाजी के साथ ही तो बिताता था। रात भर उन्होंने करवट बदल बदल कर काटी। अब यही उनका नया आशियाना था।

समय रुकता नहीं है। ये चलता ही रहता है। मिस्टर विंस्टन इसी माहौल में रहने लगे थे। दिन अब जैसे तैसे गुज़रने लगा। वहाँ रह रहे सभी से उनकी जान पहचान हो गई। सभी के अपने अपने हिस्से की कई बातें थी। ऐसे ही एक दूसरे के बीच कई तरह की बातें होती थी। दिन बीत

रहे थे। यहाँ आए हुए मिस्टर विंस्टन को एक दो महीने से ऊपर हो गए थे।

मार्कोस और रोज़िना भी अपने काम में व्यस्त हो गए। कालिश को मार्कोस ने स्कूल के हॉस्टल में डाल दिया था। ये सब अनवरत चल रहा था। मार्कोस एक दो हफ़्ते में पापा से बातचीत कर लेता था। मार्कोस को कल कैंट जाना था उसने रोज़िना से कहा कि मुझे दो दिन लग सकते हैं।

"ठीक है," रोज़िना से कहकर वह कैंट को चला गया। शाम हो चुका था। वह जब भी यहाँ आया है वह जोंस कॉफ़ी हाउस की कॉफ़ी पीना नहीं भूलता। कॉफ़ी हाउस लगभग भरा हुआ था। भीतर एक टेबल खाली दिखी तो वह वहीं चला गया। पास वाली टेबल उसे कोई जाना पहचाना सा लगा। करीब जाकर देखा तो डोनाल्ड वहाँ अपने फैमिली के साथ था। डोनाल्ड उसका करीब का ही दोस्त था। दोनों ने एक दूसरे को देखा तो दोनों ही काफी खुश हुए। डोनाल्ड ने सभी से उसका परिचय करवाया। डोनाल्ड के साथ उसके दो बेटे और वाईफ़ और उसकी मम्मी भी थी। उनकी उम्र ८० के आस पास रही होगी। डोनाल्ड यहीं रहता था और वह बड़ी कंपनी में काम करता था। मार्कोस और डोनाल्ड ने करीब आधे घंटे की बातचीत हुई थी।

मार्कोस ने सिर्फ़ कॉफ़ी पी थी। वह उठ खड़ा हुआ।

"मुझे निकलना होगा," मार्कोस ने कहा।

"चलो मैं बाहर तक चलता हूँ," डोनाल्ड ने कहा।

"क्या तुम्हारी मम्मी साथ ही रहती है?" ऐसे ही मार्कोस ने पूछ लिया।

"हाँ, हमें कोई दिक्कत है नहीं।"

"तुम दोनों भी तो जॉब करते हो।"

"उससे क्या फ़र्क़ पड़ता है। मैं मम्मी को कभी भी ओल्ड एज होम में नहीं भेजूंगा," डोनाल्ड बोला।

"परेशानी तो होती होगी न।"

"ऐसे सभी परेशानियों को हम आपस में मिलकर सुलझा लेते हैं। मुझे तो कोई दिक्कत नहीं," डोनाल्ड ने कहा।

"बल्कि मुझे ख़ुशी होती है कि वह मेरे साथ है। ये हमारा फ़र्ज़ भी बनता है। हमारे सुख के लिए उनका त्याग को हम इग्नोर नहीं कर

सकते। मम्मी ने जहाँ भी जब भी अपनी घूमने की इच्छा जताई है उसे हम काम के बीच ही समय निकालकर ज़रूर पूरा करते हैं।"

डोनाल्ड अभी और भी कुछ कहना चाह रहा था मगर उसकी बातें मार्कोस को भीतर भीतर ही गहरा असर हो गया था। वह डोनाल्ड से विदा लेकर होटल को लौट रहा था। उसके मन में एक हलचल होने लगी थी। वह रास्ते भर अपने पापा के बारे में सोचने लगा। शायद उसने कोई भूल तो नहीं की? जब वह होटल आया तो रात हो चुकी थी। दिन भर अपने काम करने के बाद वह थक चुका था। होटल में ही उसने खाने के कुछ ऑर्डर दे दिया था। वही खाकर वह जल्दी सो गया था।

आज भी उसे यहीं रुकना था। पर वह एक निर्णय ले चुका था। इस कारण वह फिर आकर अपने काम को करेगा अभी तो उसे घर लौटना था।

घर आते ही उसने रोज़िना से ओल्ड एज होम चलने को कहा। कालिश की हाफ़ इयरली एग्जाम के बाद एक हफ़्ते का छुट्टी दे दिया था तो वह भी घर ही था।

मार्कोस ने उसे भी चलने को कहा तो उसे बहुत ही ख़ुशी हुई थी। गाड़ी की रफ़्तार उसने काफी बढ़ा रखी थी। करीब ३ बजे वहाँ पहुँचा था। भीतर जाकर मार्कोस ने अपने पिता के बारे में पूछा तो मैनेजर ने बताया कि वह बिलकुल भी ठीक है। मार्कोस ने पापा के कमरे में गया मगर मिस्टर विंस्टन वहाँ नहीं थे। मार्कोस ने नज़रें चारों ओर दौराई मगर पापा नज़र नहीं आ रहे थे। उसकी बेचैनी बढ़ गई थी। ओल्ड होम एज के पीछे उसने जाकर देखा तो दूर मिस्टर विंस्टन पहाड़ों से गिर रहे झरने को देख रहे थे। मार्कोस उनके पीछे था। मार्कोस ने अपना हाथ उनके कंधे पर रखा। मिस्टर विंस्टन को लगा किसी अपने ने उनके कंधे पर हाथ रखा। वे पीछे मुड़े तो अपने सामने मार्कोस को पाया। एक क्षण के लिए उनके मुँह से कोई आवाज़ नहीं निकली। आँखें तुरंत भर आई। मार्कोस का भी यही हाल है। उसकी आँखें अपने पापा को देखकर नम हो गई थी। वह बिना कुछ कहे पापा के गले लग गया। उसने पापा का हाथ थाम लिया।

उसने भरे गले से कहा, "चलिए पापा अब आप यहाँ नहीं रहेंगे।"

"पर मैं तो ठीक हूँ," मिस्टर विंस्टन ने कहा।

"नहीं पापा आपको चलना होगा," मार्कोस एक बच्चे की तरह ज़िद करने लगा था।

जुलियाना ने पापा को कहा, "नहीं, आप हमारे साथ ही रहेंगे।"

मिस्टर विंस्टन को अब भी लग रहा था कि उसके जाने पर कहीं फिर उन्हें दिक्कत न हो जाए।

"तुम सब लौट जाओ। अब यहीं मेरा नया आशियाना बन चुका है। यह अच्छा भी है," मिस्टर विंस्टन ने फिर कहा।

कालिश अभी तक अपने दादाजी के सामने नहीं आया था। वह पार्क में छिपा बैठा था। उसने दूर से दादाजी को देखा तो वह दौड़ता हुआ उनके पास आकर उनके बाहों से लिपट गया। दादाजी कालिश को देखते ही कसकर अपने से भींच लिया।

मार्कोस ने फिर कहा, "चलिए न पापा, मुझसे बहुत बड़ी गलती हुई है।"

"दादाजी को हम लेकर ही जाएँगे," कालिश उनसे और भी लिपट गया। मिस्टर विंस्टन की आँखों के कोरों से आँसू छलक रहे थे। कालिश से अलग होकर ये बात उन्होंने महसूस भी किया था सो वे अपने पोते के आगे शब्दविहीन हो गए। कालिश ने दादाजी का हाथ थाम लिया था।

"मैं अभी आता हूँ" कहकर मार्कोस मैनेजर के केबिन में जाकर वहाँ की सभी कोरम पूरा कर लिया जल्दी ही। अब सभी वापस घर की ओर जा रहे थे। और मिस्टर विंस्टन को फिर से ख़ुशी मिल गई थी उन्हें अपनी छूटी हुई मंज़िल जो मिल गई थी।

www.ingramcontent.com/pod-product-compliance
Lightning Source LLC
LaVergne TN
LVHW090427210926
848480LV00002B/724
9798906060600